KB188973

이야기를 파는
양과자점
달과 나

②

바삭촉촉
두 번의 기적

노무라 미즈키 장편소설

이야기를 파는 양과자점 달과 나

② 바삭촉촉 두 번의 기적

이은혜 옮김

알토북스

차례

프롤로그

몽글몽글
핑크색 이야기

양과자점 '달과 나'의 위층 미타무라 자매의 집.

"인터넷 판매를 해 보면 어떨까요?"

시선을 잡아끄는 달콤한 가타리베의 목소리가 또렷하고 청량하게 울렸다.

무기와 도카, 가타리베가 거실에서 함께 저녁을 먹으며 가게 운영에 관해 의논하던 중이었다.

짭짤하게 잘 구워진 통통한 전갱이 뼈를 발라내던 무기는 손을 멈추고 그에게 물었다.

"언니 과자를 인터넷으로 팔자고요?"

"맞아요. 파티시에 과자가 맛있다고 소문이 나서 요즘은 멀리서 일부러 찾아오는 손님이 꽤 늘었거든요. 더 많은 분에게 파티시에의 훌륭한 과자를 전해 줄 수 없을까 생각하다가 떠오른 방법이에요."

가타리베가 초승달처럼 눈을 가늘게 접고 거부할 수 없는 치명적인 미소를 입가에 걸었다. 그 미소에 저절로 두 뺨이 발그레해진 도카는 국그릇을 손에 든 채로 멍하니 그를 바라봤다.

큰 키와 세련된 이목구비 덕분에 모델이나 배우처럼 보이는 가타리베는 무기의 언니인 도카가 오너 파티시에로 일하는 양과자점의 판매 직원이다.

"저는 파티시에가 만든 과자에 담긴 이야기를 손님들에게 들려줌으로써 파티시에의 과자를 더욱 빛나게 만들 스토리텔러입니다."

그는 자신을 그렇게 설명했다.

그리고 실제로 가타리베가 집사 옷을 걸치고 가게에 나오기 시작한 후로 하루가 다르게 손님이 늘었다.

여름에는 그의 양아버지가 체포되면서 잠시 소란이 벌어지기도 했지만, 그가 장담했던 대로 '달과 나'는 날이 갈수록 유명해졌다.

그러고 보니 무기도 얼마 전 가게 일을 돕던 중에 손님으로부터 문의받은 적이 있었다.

"이 가게 제품에서는 정성이 느껴져요. 깔끔하고 맛있어서 너무 좋아요. 고향에 계신 부모님께도 보내 드리고 싶은데 배송은 안 되나요?"

계산하시고 송장에 주소를 적어 주시면 택배로 보내 드리겠다고 대답하자 손님이 무척 기뻐했었다.

"좋은 생각이에요! 저도 인터넷 판매 찬성이에요. 해 보자, 언니! 언니 과자는 최고니까 멀어서 가게에 오기 힘든 손님들도 분명 좋아하실 거야."

"고마워. 무기."

도카는 기쁘면서도 여전히 칭찬이 민망한지 시선을 내리고 조용히 식탁만 내려다봤다.

새하얀 피부에 가는 선을 가진 그녀가 긴 속눈썹을 얌전히 내리고 은은하게 미소 짓는 모습은 친동생인 무기만이 아니라 누가 봐도 넋을 놓을 만큼 아름다웠다.

'우리 언니, 정말 예쁘다.'

혼자서 가게를 꾸려 나갈 때는 이렇지 않았다. 겁먹은 사람처럼 항상 어깨를 구부정하게 말고 수수하다 못해 촌스러워서 나이보다 훨씬 늙어 보였었지만, 이제는 완전히 달라졌다.

"저도 인터넷 판매, 해 보고 싶어요. 음… 열심히 해 볼게요."

조심스럽게 대답한 도카가 고개를 들어 가타리베를 바라봤다. 그녀의 작은 얼굴이 빛으로 만든 베일을 씌운 듯이 환하게 빛났다.

도카를 바라보는 가타리베의 눈빛 또한 더할 나위 없이 다정했다.

서로를 바라보며 미소 짓는 선남선녀의 모습은 그대로 한 폭의 그림 같다.

비록 식탁 위에 차려진 음식은 우아한 와인과 고급 프랑스 요리가 아니라 전갱이 소금구이와 맑은 채솟국, 무와 오이 절임이었지만….

'설마? 나 지금 눈치 없이 끼어 있는 건가?'

무기는 서로를 좋아하는 두 사람의 진심을 알고 있다.

순진한 도카는 가타리베를 좋아하는 마음을 점점 키워 갔지만, 안타깝게도 그가 자신을 싫어한다고 믿고 있었다.

　"저는 도카 씨가 불편해요. 파티시에인 도카 씨의 실력에는 반했지만 가게 일이 아니면 되도록 말을 걸지 말아 주세요."

　가타리베가 그렇게 피도 눈물도 없이 냉정하게 선을 그었기 때문이다.

　하지만 무기가 왜 언니에게 그런 말을 했는지 물었을 때, 그는 당연하다는 듯 태연하게 대답했다.

　도카는 외모는 물론 내면까지 완벽한 자신의 이상형이고, 너무 작아서 아무도 들어올 수 없는 자기 마음을 정확하게 꿰뚫고 들어온 여자라고.

　조금의 망설임도 없이 당당하게 그렇게 말했다.

　그러면서도 일에 사적인 감정을 끌어들일 수는 없으니 도카와는 앞으로도 적당한 거리를 유지할 거라나?

　"그러니까 무기 양도 언니에게 괜한 말은 하지 말아 주세요."

그는 혹시라도 도카가 자신에게 마음을 빼앗겨서 고백한다고 해도 냉정하게 거절할 거라고 단호하게 못을 박았다.

소심하고 내성적인 언니도 답답했지만, 가타리베도 만만치 않게 별난 사람이다.

어떻게 그런 생각을 할 수 있는지 도저히 이해할 수 없었던 무기는 애꿎은 제 머리만 쥐어뜯었다.

애당초 입으로는 거리를 둔다 어쩐다 하면서도 실상 도카에게는 세상 그 누구에게보다 다정하고 자상한 사람이 다름 아닌 가타리베였다.

"그럼, 바로 인터넷 쇼핑몰을 열겠습니다. 인터넷 판매를 도와줄 파트타임 직원도 몇 명 구하고… 아, 파티시에도 더 구하죠. 주문이 쏟아지면 파티시에 혼자서는 감당할 수 없을 테니까요."

"그건…."

순간 초롱초롱 빛나던 도카의 눈동자가 희미하게 흔들렸다.

"그, 그래요. 저야 감사하죠."

바로 대답하기는 했지만 어쩐지 그렇게 달갑지만은 않은 표정이었다.

도카의 표정을 읽은 무기는 가타리베가 돌아간 후에 언니에게 넌지시 물었다.

"언니는 직원을 늘리고 싶지 않은 거야?"

정곡을 찔렸는지 흠칫 놀란 도카는 비밀을 들킨 사람처럼 잠시 머뭇거리다가 조심스럽게 입을 열었다.

"그, 그런 건… 아니야. 지금보다 일이 더 많아지면 어차피 나 혼자서는 감당할 수 없으니까… 하지만….

도카가 시선을 떨구며 오른손으로 제 귓불을 잡았다.

수줍게 붉어진 귓불에는 초승달 모양으로 세공된 분홍색 피어싱이 달려 있었다.

가타리베가 그녀에게 준 선물이다.

도카는 말간 은빛이 감도는 투명하고 작은 분홍색 달을 가느다란 손가락으로 만지작거리며 주저하다가 결국 무기에게 속마음을 털어놓았다.

"가타리베 씨한테는 말하지 마. 새로 고용한 파티시에가 나보다 훨씬 맛있는 과자를 만들고, 성격도 밝은 데다 수완도 좋은 그런 사람이면… 그러니까… 가타리베 씨가 좋아하는 활달하고 사교적인 사람이면… 어쩌지, 그런 생각이 들어서….

아무래도 새로 온 파티시에에게 가타리베의 마음을 빼앗길까 봐 불안한 모양이었다.

'아직 파티시에를 여자로 뽑겠다고 정한 것도 아닌데…. 아니야, 어쩌면 언니는 남자라고 해도 자기보다 더 뛰어난 실력의 파티시에가 오면 가타리베 씨의 관심을 빼앗길까 봐 두려워할지도 몰라.'

무기는 일단 도카를 안심시켰다.

"언니, 괜찮아. 언니가 만드는 과자는 차원이 다르니까. 그리고 가타리베 씨는 이상형이라거나 이성적으로 반했다거나 하는 그런 사적인 감정을 절대 일터에 끌어들일 사람이 아니야. 암, 그렇지!"

'언니가 고백하면 냉정하게 차 버릴 거라고 선언할 정도거든.'

"그, 그럴까?"

하지만 도카의 눈동자는 여전히 불안하게 흔들리고 있었다.

무기는 생각했다. 여자 파티시에가 오면 언니는 분명 또 소심해져서 불안해할 거라고, 파트타임 직원도 귀여운 여대생은 절대 안 되겠다고.

다음 날 아침, 등교하기 전에 1층 가게에 들른 무기는 오픈 준비를 하는 가타리베 옆으로 자연스럽게 다가가 은근슬쩍 말을 흘렸다.

"아무래도 언니를 도울 보조라면 힘이 센 남자 파티시에가 좋겠죠? 파티시에는 생각보다 체력이 필요한 일이잖아요. 파트타임 직원도 남자 대학생으로 뽑으면 어떨까요? 가게에 활기도 넘치고 재미있을 것 같아요. 요즘은 디저트에 관심 있는 남자도 많으니까요."

그러자 검은 연미복을 입고 머리를 뒤로 넘겨 깔끔하게 정리한 가타리베가 어림도 없다는 듯 미간을 좁혔다.

"안 됩니다. 남자 파티시에를 고용하면 도카 씨한테 반해서 일은 뒷전이 될 거예요. 도카 씨는 누구에게나 친절하니까 괜히 혼자 착각에 빠져서 고백이라도 하면 큰일이죠. 정 남자 파티시에를 뽑아야 한다면 기혼자로… 흠, 그것도 안 되겠네요. 아내와 아이가 있다고 해서 도카 씨의 단아하고 청초한 매력에 빠지지 말라는 법은 없으니까. 아무튼 파티시에는 제가 꼼꼼하게 신경 써서 뽑을 테니 걱정하지 말아요. 도카 씨에게 안전한 직원으로 채용할 겁니다. 당연히 파트타임 직원도 남자 대학생은 안 돼요. 젊은 혈기를 주체하지 못하고 도카 씨에게 딴마음을 품을 수 있으니까요."

나직하게 울리는 그의 미성은 언제나처럼 차분했다. 숨 쉴 틈 없이 쏟아 내는 말의 내용은 목소리와 전혀 어울리지 않았지만…. 무기는 얼굴에 띠었던 미소를 황급히 거뒀다.

　"그, 그러네요. 그, 그럼, 언니를 위해서 좋은 사람으로 뽑아 주세요."

　더는 아무 말도 할 수 없었다.

　다녀오겠다고 인사한 무기는 도망치듯 가게를 나왔다. 조금 걷다 문뜩 뒤를 돌아보니 아침의 고요하고 맑은 공기 속에 가지런히 줄지어 있는 단독주택들이 눈에 들어왔다. 그 사이에 바다색 벽과 지붕으로 꾸며진 양과자점이 있었다. 유리문에 반사된 아침 햇살이 눈부시게 빛났고, 보름달처럼 둥근 레몬색 명패에는 근사한 필체로 파란색 글자가 새겨져 있었다.

　'달과 나'

　유리창 너머로 우아한 셰프복을 걸친 도카와 집사 복장을 한 가타리베가 얼굴을 마주하고 이야기를 나누는 모습이 보였다.

　도카의 손에는 수첩이 들려 있었다.

　오늘은 무슨 케이크를 내놓을지 의논하는 걸까?

　가타리베를 조용히 올려다보는 도카의 얼굴이 기쁨으로 빛나고, 그녀를 바라보며 간간이 고개를 끄덕이거나 대답하는 가타리베의 표정도 녹아내릴 듯 달콤하고 다정했다.

'역시 저 두 사람은 서로를 좋아해.'

보는 사람의 마음마저 핑크로 물들이는 예쁜 광경이었다. 그러면서도 버림받을까 봐 겁내고 다가갈 자신이 없다니, 이 무슨 말도 안 되는 상황이란 말인가. 무기의 어깨가 힘없이 떨어졌다.

'하⋯ 앞으로 또 어떤 사람들이 가게를 찾아올까? 저 두 사람은 앞으로 어떻게 되는 거지?'

무기는 이런저런 생각을 하면서 발걸음을 돌렸다. 골목 모퉁이에 세워 둔 입간판도 무심히 지나쳤다. 상쾌한 바다색 바탕에 레몬색 원을 그려 놓은 입간판에도 근사한 필체로 써진 예쁜 글자가 빛나고 있었다.

「스토리텔러가 있는 양과자점

'달과 나'

이쪽으로 오세요.」

첫 번째 이야기

파슬파슬 바삭바삭 오독오독
촉촉한 달님을 모아 놓은
'쿠키 세트'

〈기미사토 네네의 이야기〉

카카오 풍미의 반달 쿠키 '아몬드 캐러멜리제'

"달과 나'에 오신 걸 환영합니다. 저는 스토리텔러 가타리베 쓰쿠모라고 합니다. 여러분과 함께 파티시에가 만든 최고의 디저트를 손님들께 전해 드리게 되어 매우 기쁘게 생각합니다."

흰칠하게 큰 키에 빈틈없이 단정한 검은색 연미복을 입은 남자가 왼손은 배 앞에, 오른손은 등 뒤로 돌린 자세로 우아하게 허리를 굽혔다.

네네는 그의 목소리를 듣자마자 맑게 울리는 미성에 푹 빠져 버렸다.

'어쩜, 목소리가 저렇게 멋질까. 모든 감각을 자극하는 아름다운 소리야. 게다가 모델처럼 흰칠하고 멋진 남자가 케이크 가게

점원이라니, 도쿄가 정말 다르긴 다르네!'

얼마 전에 마흔세 번째 생일을 맞은 네네는 고등학생 아들과 중학생 딸을 둔 평범한 주부다.

과수원이 넓게 펼쳐진 야마나시현의 한 시골 마을에서 자란 그녀는 그곳에서 고등학교를 졸업하고 지역 은행에 취직했다. 그곳에서 결혼도 했고 아이들도 낳았다. 아이들을 키우며 틈틈이 파트타임으로 일도 하면서 줄곧 야마나시현을 벗어나지 않고 살았다. 그러다 마흔세 번째 생일을 앞두고 있던 어느 날, 남편의 전근이 결정되면서 그녀의 가족은 갑자기 도쿄로 이사 오게 됐다.

시골에서 자유롭게 자란 아이들이 도시에서 답답해하거나 열등감을 느끼지는 않을까? 시골에서는 학원도 보내지 않았는데 학교 공부를 따라가지 못하면 어쩌지? 설마 시골 촌뜨기라고 괴롭힘당하는 건 아니겠지? 하나부터 열까지 걱정이 태산이었다.

상상력이 풍부한 네네는 원래도 남들보다 걱정이 많은 편이라 이사하기 전부터 이런저런 걱정에 불안해서 밤잠을 설쳤다.

하지만 다행히도 아이들은 도쿄 생활에 금세 적응했다. 친구도 생긴 모양이고 학교생활도 재미있어 보였다.

"도쿄 진짜 좋아! 굿즈 종류가 시골이랑은 완전히 다르다니까!"

"오늘 텔레비전에서 본 가게에서 팬케이크를 먹었거든? 근데 누굴 봤는지 알아? 아이돌 가수 유키! 유키가 근처 거리에서 촬영하고 있더라고! 도쿄는 정말 최고야!"

아이들은 신이 나서 재잘거렸고, 남편이야 원래 도쿄 출신이라 애당초 걱정할 필요가 없었다.

"역시 도쿄가 편하기는 해. 차가 없어도 어디든 갈 수 있잖아."

네네의 가족은 전부 안경을 낀다. 넷이 같이 있으면 누가 봐도 똑 닮은 붕어빵 가족이었는데, 지금은 네네 혼자 도시 생활에 적응하지 못하고 겉돌고 있었다. 남편에게 힘들다고 하소연도 해 봤지만, 도대체 뭐가 문제냐는 표정을 지을 뿐이었다.

"여기는 도심에서 꽤 떨어진 주택가잖아. 공원도 있고 녹지도 많아서 한적하고 좋지 않아?"

진짜 도심은 고층 빌딩이 빽빽하게 늘어선 터미널 주변이고, 거기에 비하면 이 주변은 시골이나 마찬가진데 뭐가 다르냐는 식이었다.

하지만 어릴 때부터 그녀가 늘 보고 자라 왔던 과수원은 어디에도 없었다. 아무리 주위를 둘러봐도 가지가 휘어질 정도로 주렁주렁 과일을 매달고 무성하게 뻗은 나무는 없었다. 다닥다닥 붙어 있는 주택과 빌라만 있을 뿐. 녹지라고는 도로 옆에 심어진 가로수와 공원에 있는 나무가 고작이었다.

고향에서는 텃밭을 일굴 수 있는 마당 딸린 넓은 주택에 살았지만, 지금 사는 곳은 방 3개에 주방과 거실이 있는 아파트다. 남편은 4인 가족이 살기에는 적당하다고 했지만, 넓은 시골집에서만 살았던 네네는 좁은 공간에 갇힌 것 같아서 답답하기만 했다. 베란다에 빨래를 널러 나갔다가 바로 옆 아파트에서 이불을 널러 나온 주민과 마주쳐서 후다닥 다시 안으로 들어오거나 위층에서 문 여닫는 소리가 네네의 집까지 들려서 깜짝깜짝 놀랄 때가 한두 번이 아니다.

밖에 나가 산책을 하려 해도 길은 좁고 어디를 가든 사람이 많아서 오히려 더 숨이 막혔다. 만원 지하철을 탔을 때는 사방에서 밀어 대는 통에 납작하게 눌려 오징어가 되는 줄 알았다. 네네가 키가 크고 호리호리한 체형이라 간신히 사람들 머리 위로 고개를 내밀 수 있었지만, 열차가 흔들릴 때마다 이쪽저쪽으로 휘청거리는 건 어쩔 도리가 없었다. 안경은 삐뚤어지고 발을 수도 없이 밟혔다.

도시의 만원 지하철 소문은 시골에서도 익히 들었지만, 상상 이상으로 끔찍했다. 모르는 사람들과 몸을 바짝 밀착하고 있어야 한다니, 네네가 살던 시골에서는 있을 수도 없는 일이었다.

남편은 차가 없이도 어디든 갈 수 있다고 좋아했지만, 네네는 자가용을 타고 과수원 사이 흙길을 여유롭게 달렸던 날들이 그리웠다.

여름에 이사를 왔고 계절이 바뀌어 가을이 되었지만, 여전히 흔들리는 땅 위에서 간신히 버티고 있는 사람처럼 불안했다. 이곳에서 계속 살 수 있을까? 외출 공포증에 걸려서 집 안에만 틀어박혀 사는 주부가 되는 건 아닐까? 집에 앉아서 터무니없는 상상만 되풀이했다.

이제 슬슬 아르바이트 자리도 알아봐야 하는데 만원 지하철을 타고 출퇴근할 생각을 하면 도저히 엄두가 나지 않았다. 그래서 인터넷 구직 사이트를 뒤지며 자전거를 타고 다닐 수 있는 곳을 찾았다. 그때 한 양과자점에서 과자를 포장하고 인터넷 주문 상품을 발송하는 일을 담당할 사람을 구한다는 공고를 발견했다.

일주일에 두 번, 하루에 네 시간 이상이면 가능하다는 점도 부담이 없어서 좋았다.

면접은 온라인으로 봤다.

컴퓨터 화면 너머에 연미복을 입고 머리를 뒤로 깔끔하게 넘긴 잘생긴 남자가 나타나서는 귀를 의심할 만큼 근사한 목소리로 인사를 건넸다.

"처음 뵙겠습니다. 저는 '달과 나'의 스토리텔러 가타리베라고 합니다."

순간 네네는 자신이 꿈이라도 꾸고 있는 건가 싶어서 안경을 고쳐 꼈다. 그러다 궁금한 나머지 자신이 질문을 받아야 하는 입장이라는 것도 잊고 불쑥 "스토리텔러가 뭐죠?"라고 묻고 말았다. 갑작스러운 질문에도 가타리베는 우아한 미소를 머금고 친절히 대답해 주었다.

"저희 가게에서 파는 매력적인 상품에서 이야기를 꺼내 손님들에게 들려 드리고 구매를 돕는 일입니다. 판매와 고객 응대도 하지만 상품 기획과 홍보, 인터넷 쇼핑몰 관리도 맡고 있습니다."

'홍보? 광고대행사에서 하는 그런 일 말인가?'

듣고 보니 확실히 검은 연미복이 신기할 정도로 잘 어울리는 비현실적인 이 남자에게는 홍보 담당자보다는 스토리텔러라는, 어딘지 묘하고 신비로운 호칭이 어울린다는 생각이 들었다.

"네네 씨는 경리로 일한 경력이 있으시네요. 전산회계 2급, 급여 계산 실무능력 검정 시험 2급 자격증도 가지고 계시니까 나중에 사무 업무도 도와주실 수 있으시겠군요."

"아니요. 경리 일을 하기는 했지만 잠깐이었어요. 도움이 될지는 모르겠습니다. 하지만 뭐든지 시켜 주시면 최선을 다해 열심히 하겠습니다."

긴장으로 뻣뻣하게 굳은 몸으로 화면을 향해 몇 번이나 고개를 숙이는 바람에 안경이 떨어질 뻔했다.

결과는 합격이었다. 자격증 덕분인지 채용됐고, 오늘이 첫 출근이었다.

가게 옆에 있는 아파트 1층에 사무실 겸 라커룸이 있어서 우선은 그곳에 모여 설명을 들었다.

네네 말고도 오늘 처음으로 출근한 파트타임 직원이 두 명 더 있었는데 두 사람 다 그녀보다는 나이가 들어 보였다. 그중 연신 생글생글 웃는 푸근한 몸집의 여자는 40대 중반 정도로 보였고 인상이 좋았다. 다른 한 여자는 차분한 분위기에 나이는 50대 초반쯤으로 보였다. 같이 일하는 동료들이 다 젊은 사람들이라 시골에서 온 말라깽이 키다리 아줌마는 끼워 주지 않으면 어쩌나, 늘 그랬듯이 생기지도 않은 나쁜 일을 미리 걱정했던 네네는 일단은 안도했다.

하지만 라커룸에서 작업복이라고 받은 파란색 일자형 롱 원피스를 입고 레이스가 달린 하얀색 앞치마까지 허리에 두르고 나자, 감당할 수 없는 귀여움에 난감해졌다. 물론 여기서 '귀엽다'는 건 옷 이야기다. 키만 삐쭉하게 큰 안경잡이 중년 여성은 감당하기 힘든 귀여움이랄까?

"어머나, 예뻐라! 이것 좀 봐요. 이렇게 멋스러운 데 움직이기도 편하네요."

푸근한 인상의 동료 후미요는 여전히 생글생글 웃으며 원피스 자락을 펄럭였지만, 네네와 또 다른 동료 야기사와는 어색한 나머지 쭈뼛쭈뼛 앞치마 자락만 구겼다.

"다들 잘 어울리시네요. 사이즈도 딱 맞는 것 같군요."

가타리베는 라커룸에서 나온 세 사람을 보자마자 잘 어울린다고 칭찬했지만, 네네는 무심코 "이런 건 젊은 아가씨들이 입어야 하지 않을까요?"라고 말해 버렸다.

그러자 부드럽게 눈꼬리를 휘며 미소 지은 그가 더할 나위 없이 정중하고 진지한 어조로 대답했다.

"무슨 말씀이세요. 그렇지 않습니다. 키가 크고 안경이 잘 어울리는 네네 씨가 입으시니까 지적이면서도 새벽녘 하늘처럼 상쾌한 느낌이 드는걸요. 밝은 표정이 매력적인 후미요 씨는 따뜻한 정오의 하늘을 걸치신 것 같네요. 품위 있는 야기사와 씨는 저녁 노을로 물든 고요한 하늘처럼 다정한 느낌이세요. 세 분 모두 정말 완벽하게 '하늘'을 입으셨습니다."

셋 중에 가장 연장자인 야기사와의 뺨이 발그레하게 물들고 기쁨을 감추지 못한 후미요도 활짝 웃었다. 네네는 말문이 막혀 버렸다.

"원래 달콤한 과자 앞에서는 누구나 순수한 소녀로 돌아가는 법이죠. 캐서린 맨스필드의 단편소설 『어린 소녀』에 등장하는 17세 소녀는 어른 대접을 받지 못해서 속상해하지만, 레스토랑에서 나온 케이크를 보자마자 마음을 빼앗겨 순수한 자기 모습으로 돌아오고 말죠."

이어서 잘생긴 입술이 살며시 벌어지고 소설의 한 구절이 음악처럼 흘러나왔다.

"쟁반 위에는 약간의 변덕과 조금은 즉흥적인 기분, 살짝 녹아 버린 꿈들이 과자처럼 겹겹이 쌓여 있었다."

매력적인 목소리가 그려 내는 정경이 눈앞에 펼쳐지고 달콤한 과자의 맛과 향기가 입안을 채우는 듯했다.

다시 스토리텔러의 목소리가 맑게 울렸다.

"여러분께는 반짝이는 달의 마법을 담은 쿠키 세트를 만드는 일을 부탁드리려고 합니다. 자, 이제 가게로 가실까요? 파티시에와도 인사를 나누셔야죠."

이미 마법에 걸려 버린 세 사람은 순순히 가타리베의 뒤를 따라갔다.

하늘을 닮은 원피스를 똑같이 맞춰 입은 세 사람은 아파트를 나와 옆에 있는 가게로 갔다. 상쾌한 바다색 지붕 아래에 있는 유리문을 열고 햇살이 환하게 들이치는 가게 안으로 들어서자, 과자와 과일의 달콤한 향기가 네네를 반겼다.

'아아… 과수원에서 나던 향기잖아. 이건 포도랑… 서양배?'

가게 안에는 카운터와 보석상에서나 볼 수 있는 낮은 쇼케이스, 손님이 앉을 수 있는 둥근 테이블 두 개가 있었다. 벽 쪽 선반에는 쿠키와 피낭시에, 마들렌 같은 구움과자가 진열되어 있었는데 모두 보름달, 반달, 초승달 모양이었다.

안쪽 주방은 유리벽으로 되어 있어서 홀에서도 작업하는 모습을 볼 수 있었다.

주방으로 들어가니 제일 먼저 조리대 위에 놓인 스텐 바트와 엄청난 양의 쿠키가 눈에 들어왔다. 달 모양 쿠키의 귀여운 모습에 네네는 물론 다른 두 사람도 터져 나오는 탄성을 참지 못했다.

"어머나, 예뻐라!"

"정말 예쁘네요."

"너무 맛있어 보여요! 아아, 맛있는 냄새!"

한 입 베어 물면 와그작, 하고 경쾌한 소리가 날 듯 잘 구워진 반달 쿠키와 옆면에 알갱이가 큰 그래뉴당Granulated sugar이 반짝이는 보석처럼 박혀 있는 초승달 초코칩 쿠키, 가운데에 금빛 레몬 잼을 올린 보름달 쿠키가 세 사람의 시선을 사로잡았다.

모두가 어린 소녀가 된 것처럼 눈을 반짝였다.

"감사합니다, 여러분. 앞으로 잘 부탁드립니다."

그때 젊고 아름다운 여성 파티시에가 뺨에 옅은 홍조를 띠고 수줍게 웃으며 인사를 건넸다.

새하얀 셰프복이 드레스처럼 우아해 보이는 그녀의 귓불에는 초승달 모양으로 세공된 투명한 분홍빛 보석이 반짝이고 있었다. 네네는 아름다운 파티시에를 넋을 잃고 바라봤다.

아름다운 파티시에가 백옥 같은 손으로 만든 보름달, 반달, 초승달 케이크를 건네자 집사처럼 검은 연미복을 입은 스토리텔러가 받아서 홀에 있는 쇼케이스에 하나하나 정성껏 진열했다.

손님이 견본 케이크를 보고 주문하면 새 제품을 내어 드리는 방식인 듯했다.

"오늘의 보름달은 붉은 포도 타르트입니다. 나가노퍼플(일본 나가노현에서 개발한 포도 교배 품종)의 진한 향기가 매혹적인 디저트죠. 특별한 날에 추천하고 싶은 매우 낭만적이고 호화로운 제품이랍니다. 그리고 반달 케이크는 밤으로 만든 밀푀유Mille-feuille입니다. 둥근 부분을 아래쪽으로 고정해서 바삭하게 구운 파이 반죽과 마롱크림Marron Cream, 커스터드, 둥글게 깎은 큼지막한 밤의 단면이 보이게 만든 겁니다. 디자인이 화려하면서도 독창적이죠. 마지막으로 초승달은 서양배로 만든 밀크 무스랍니다. 시원한 서양배와 부드러운 우유의 단맛이 만들어 내는 절묘한 마리아주Mariage가 일품이죠. 요즘 계절에 꼭 추천하고 싶은 매력적인 케이크랍니다."

나직하게 울리는 근사한 목소리가 음악처럼 흘러나왔다. 이런 식으로 추천해 준다면 우유부단하고 짠순이 기질이 다분한 네네도 전부 다 포장해 달라고 외칠 것만 같았다.

주방에서 달콤한 버터와 크림, 상큼한 과일 향이 끊임없이 피어올랐다.

"제철 과일은 지방에 있는 생산자분들에게서 최상품으로 직접 납품받고 있습니다. 이 포도는 나가노에 있는 고마쓰 농원에서 왔고, 서양배는 야마나시현의 요다 농원에서 왔죠."

'요다 농원?'

네네의 친정집 근처에 있는 곳으로, 어릴 적 그녀가 집에 가는 길에 자주 들렀던 농원이었다. 배 수확 철이면 매년 갔던 곳이다. 어릴 때는 부모님과 언니들이랑, 결혼하고 나서는 남편과 아이들을 데리고 갔었다.

황금색 배가 주렁주렁 달린 과수원의 모습이 머릿속에 생생하게 그려졌다.

꿈에 그리던 고향이 도쿄에 있는 케이크 가게와 이어져 있었다. 네네의 가슴이 조금씩 떨리기 시작했다.

설명이 끝나자 바로 작업이 시작됐다. 네네는 양손에 비닐장갑을 끼고 파란색 직사각형 통 안에 차곡차곡 쿠키를 담았다.

하얀 슈거 파우더를 듬뿍 뿌린 동글동글한 초승달 쿠키와 코끝을 간질이는 버터 향을 솔솔 풍기는 도톰한 보름달 쿠키도 맛있어 보였고, 캐러멜화한 아몬드로 겉을 감싼 카카오 색의 반달 쿠키를 담을 때는 저도 모르게 침이 꼴깍 넘어가기도 했다.

네네는 푸른 하늘 한 조각을 잘라 내 만든 듯한 산뜻한 파란색 통 안에 어여쁜 달들을 채워 나갔다. 예쁜 그림 퍼즐을 맞출 때처럼 가슴이 두근거리고 기분이 화사해졌다.

"이거, 맛 좀 봐 주시겠어요?"

그때 아름다운 파티시에가 수줍게 웃으며 방금 구운 쿠키를 권했다. 카카오 색의 반달 쿠키 아몬드 캐러멜리제! 네네가 가장 먹어 보고 싶었던 '달님'이었다.

네네는 콩닥콩닥 뛰는 가슴을 안고 따끈따끈한 반달 쿠키를 입에 넣었다. 얇게 저며 캐러멜화한 아몬드가 오독오독 씹히는 경쾌한 식감만으로도 감동이 몰려왔지만, 이어서 가볍게 부서지는 카카오 쿠키의 맛에 기분이 하늘로 날아올랐다. 향긋한 아몬드와 적당히 쌉쌀한 카카오의 풍미도 그야말로 최고였다.

'너무 맛있어! 아몬드가 오독오독 씹힐 때마다 행복해!'

도쿄에 적응하고 살아갈 수 있을까? 나도 도쿄의 일원이 될 수 있을까? 일은 제대로 할 수 있을까? 아무리 마음을 다잡으려 해도 불안해서 견딜 수가 없었다. 하지만 지금 네네는 흔들리지 않는 땅 위에 두 발을 딛고 똑바로 서 있었다.

'이렇게 맛있는 쿠키를 맛볼 수 있다니 이렇게 좋은 직장이 또 있을까? 게다가 근사한 목소리의 스토리텔러랑 아름다운 파티시에는 보고만 있어도 눈이 정화되는 기분이야. 저 두 사람 너무 잘 어울린다. 혹시 사귀는 사이려나?'

네네의 상상은 어느새 달콤해지고 있었다.

파란색 쿠키 통을 사랑스러운 달로 채우는 시간이 너무나도 즐거웠다. 마치 이곳이 하늘에 떠 있는 달의 세상이고, 귀여운 유니폼을 입은 자신들이 달에 사는 주민이라도 된 기분이다.

'달이 보내는 쿠키 세트는 어떤 분들에게 전해질까…?'

네네는 쿠키 세트를 받은 사람들이 파란색 뚜껑을 연 순간 얼마나 행복한 표정을 지을지 떠올려 보았다.

가슴을 뛰게 하는 상상이 꼬리에 꼬리를 물고 이어지자, 네네의 입가에도 부드럽게 미소가 걸렸다. 도쿄에서 시작한 그녀의 새로운 생활도 그렇게 나쁘지만은 않을지도 모르겠다.

〈고다이 미쓰루의 이야기〉
초승달 쿠키 '벌꿀 퍼지'

「잘 지내. 쿠키는 당신이 먹어.」

하루카가 사라졌다. 막 가을에 접어들던 어느 날, 거실 테이블에 짧은 메모 한 장을 남기고서…. 그리고 일주일이 지났다.

호쿠리쿠 가나자와에서 개인 설계사무실을 운영하는 미쓰루는 주변에서 초겨울 바람처럼 차가운 사람이라는 말을 듣곤 했다. 일은 잘하고 실력도 뛰어난데 같이 있으면 왠지 피곤한 사람, 결혼 상대로는 왠지 꺼려지는 사람 등. 뒤에서 그런 소리를 듣는 사람이었다.

미쓰루도 사람들의 말에 동의했다.

지금도 남자들만 있는 직장에 다니고 대학 시절에도 여자들과는 가깝게 지내지 못했다.

여자들의 간질거리는 목소리와 애교 넘치는 눈빛이 부담스러웠고, 마음에도 없는 말을 아무렇지도 않게 하는 모습이 어딘지 음흉해 보여서 거부감이 들었다.

어느 정도 가까워졌나 싶다가도 상대에게 맞춰 주지 못해서 결국 다시 멀어지곤 했다.

가고 싶지 않은 정신없는 놀이동산에 가야 하거나 먹고 싶지도 않은 요란한 밥을 먹어야 하는 일은 아무리 생각해도 비생산적이었다. 즐겁기는커녕 힘들기만 했다.

딱히 혼자여도 상관은 없었다.

그래서 소개팅에 열정을 쏟는 주변 사람들에게 신경을 끄고 일에만 집중했더니 결혼 적령기 같은 건 눈 깜짝할 사이에 지나가 버렸다.

어차피 미쓰루는 가정이라는 울타리가 어울리지 않는 사람이기도 했다. 그랬기에, 그런 사람이었기에 하루카와 동거를 시작한 건 스스로 생각해도 기묘한 일이었다.

미쓰루와 비슷한 또래인 하루카는 남자면서도 단아하고 얌전한 소녀 같은 사람이었다.

적지 않은 나이였으니 사회에서 이리저리 치이며 때가 묻었을 법도 한데, 여전히 순수하고 한없이 맑은 사람이었다.

미소는 부드러웠고 목소리는 차분했다. 달콤한 디저트를 좋아해서 자주 예쁜 상자에 담긴 초콜릿이나 색색의 마카롱, 반짝반짝

윤이 나는 과일이 얹어진 타르트 같은 앙증맞은 디저트를 사 와서
는 행복한 얼굴로 먹곤 했다.

그때마다 "이 초콜릿은 안에 진한 딸기 콩피튀르Confiture(프랑
스식 잼)가 들어 있어서 진짜 맛있어."라며 먹어 보라고 권했지만,
미쓰루는 항상 고개를 가로저었다.

처음 만났을 때 하루카는 낡은 집에서 혼자 살고 있었다.

얼마 전까지는 나이 드신 부모님과 함께 살았다고 했다. 미쓰루
와 달리 호감을 가지고 접근한 사람이 많았을 하루카가 혼기를 놓
친 이유는 부모님의 간병 때문이었던 모양이다.

부모님이 두 분 다 돌아가서서 집을 리모델링하고 싶다기에 상
담을 받아 줬는데, 아무리 회의를 되풀이해도 좀처럼 진전이 없
었다.

이 기둥은 남겨 두고 싶다, 방 배치는 바꾸고 싶지 않다, 볕이
잘 들어서 부모님이 좋아하셨으니 이 방은 되도록 손대고 싶지 않
다, 최대한 지금의 형태를 유지했으면 좋겠다면서 좀처럼 고집을
꺾지 않았다.

"안 돼요. 완전히 철거하고 다시 짓는 게 최선입니다."

미쓰루가 단호하게 말하면—

"그렇군요. 이대로 유지할 수는 없는 거군요."

조용히 미소 지으며 이해한다는 듯 대답했지만, 금세 "그래도 저건 남길 수 없을까요?", "이건 이대로 뒀으면 좋겠어요."라는 말을 다시 꺼냈다.

대화가 거듭되면서 자연스럽게 하루카가 그 집에서 쌓아 온 추억과 과거 이야기를 듣게 됐고, 이유는 모르겠지만 어느새 미쓰루도 하루카에게 자기 이야기를 하게 됐다. 그러다 결국 하루카의 낡은 집은 그대로 두고 미쓰루의 아파트에서 함께 지내게 됐다.

하루카는 일을 그만둔 상태여서 하루 종일 집에서 느긋하게 시간을 보내며 청소도 하고 식사 준비도 해 주었다.

신기하게도 미쓰루는 하루카가 같은 공간에 존재하는데도 조금도 불편함을 느끼지 못했다.

하루카는 마치 예전부터 같이 살았던 고양이처럼 미쓰루의 집에서 편안하게 휴식을 취했고, 각자 다른 일을 하면서 시간을 보내도 크게 신경 쓰이지 않았다. 적어도 미쓰루는 그랬다.

그런데 하루카도 그랬을까?

"밀라노에 가고 싶어. 빈에도 가고 싶고 베를린도 좋아. 일단은 제일 먼저 파리에 가 보고 싶어. 콘서트도 보러 가고 맛있는 디저트도 먹으러 가는 거야. 미쓰루, 같이 가지 않을래?"

어느 날 하루카가 꿈이라도 꾸는 사람처럼 초점 없는 눈으로 그렇게 물었다.

거실에서 업무 관련 자료를 읽던 미쓰루는 서류에서 눈을 떼지 않은 채로 건조하게 대답했다.

"난 여행에 관심 없어. 요새 일도 바쁘고."

하루카는 불평 한마디 없이 "그래….."라며 소리 없이 웃었다. 원래 저런 사람이었지, 하며 단념했다고 생각했다.

"당신은 만약에 내가 없어지면 어떨 것 같아?"

그래서 어딘지 텅 빈 것처럼 쓸쓸하게 다시 물었을 때도 무심히 대답을 돌려줬다.

"아무렇지도 않겠지."

컴퓨터로 자료를 보던 중이라 시선을 모니터에 둔 채였기에 그 말에 하루카가 어떤 표정을 지었는지는 알지 못했다.

그즈음부터 하루카는 자주 콜록거리기 시작했고 감기를 옮기면 안 된다는 이유로 방에 틀어박혀 지내는 날이 많아졌다.

그리고 사라지기 며칠 전, 병원을 다녀온 하루카는 핏기 없이 초췌한 얼굴로 이제 파리도, 밀라노도, 빈도 갈 수 없게 됐다고 말했다. 힘없이 갈라진 목소리로.

모든 희망을 버린 사람처럼 그대로 방에 들어가더니 나오지 않았다.

그때 미쓰루는 하필 급한 일이 생겨 사무실에 나가야 했다. 무슨 일인지는 나중에 물어봐야겠다고 생각하면서 그렇게 집을 나섰다.

하지만 문제가 연이어 터지는 바람에 겨우 집에 돌아왔을 때는 이미 이틀이 지나 있었다.

사람의 온기가 사라진 거실은 쥐 죽은 듯이 고요했고, 테이블 위에는 단정한 글씨로 써진 메모 한 장만이 놓여 있었다.

「잘 지내. 쿠키는 당신이 먹어.」

하루카의 짐이 없었다. 하루카가 떠났다.

"원래 생활로 돌아갔을 뿐이야. 난 아무렇지도 않아."

미쓰루는 메마른 목소리로 혼자 중얼거렸다.

하지만 하루카가 사라진 거실은 텅 비어 버린 듯 공허했고, 미쓰루는 하루카의 메모를 버리지 못했다.

'계속 몸이 안 좋았는데 혼자서 괜찮을까? 그리고 쿠키는 또 무슨 말이지?'

집에 쿠키 같은 건 없었다. 수수께끼 같은 메시지를 볼 때마다 마음속에는 뿌연 안개가 끼어 점점 짙어졌다.

그렇게 일주일이 흘렀다.

회사 일이 어느 정도 마무리돼서 집에 있어도 특별히 할 일이 없어서인지 또 하루카가 떠올랐다.

미쓰루는 수수께끼 같은 메시지를 꺼내 다시 들여다보았다. 그때 인터폰이 울렸다.

인터폰 화면에 택배 기사의 모습이 비쳤다.

"택배 왔습니다."

물건을 주문한 기억은 없었다.

문을 열고 작은 상자를 받아 든 미쓰루는 상자에 붙어 있는 송장을 확인했다. 품명은 '구움과자'였다.

수령인은 미쓰루였지만 주문한 사람은 하루카가 틀림없었다. 전에도 종종 과자를 주문하면서 수령인 이름을 미쓰루로 적곤 했었으니까.

문패에 미쓰루의 이름밖에 없으니 어쩔 수 없다고 했었다.

미쓰루는 상자를 열었다. 안에 직사각형 통이 들어 있었다. 산뜻한 느낌의 파란색 통이었는데 뚜껑에 노란색으로 작게 초승달, 반달, 보름달이 그려져 있고 그 아래에 창문 그림이 그려져 있었다.

"쿠키 세트…?"

「쿠키는 당신이 먹어.」

미쓰루는 하루카의 메모를 떠올리며 뚜껑 가장자리에 붙은 테이프를 뜯고 통을 열었다.

물결처럼 하늘거리는 파란 종이 위에 둥근 모양의 노란색 소책자가 올려져 있었다.

「스토리텔러로부터」

표지에 새겨진 글자를 보며 책자를 집어 들었다. 넘겨 보니 부드러운 글자체로 메시지가 인쇄되어 있었다.

「이건 달이 들려준 이야기랍니다.」

「밤하늘을 밝혀 주는 달은 낮에는 보이지 않지만 언제나 당신 옆을 지키고 있습니다.」

「조용하고 다정한 목소리로 많은 이야기를 들려준답니다.」

「달콤상큼한 과자로 만든 다정한 달님의 목소리를 당신께 전합니다.」

「맑은 초승달, 고요한 반달, 풍요로운 보름달」

「최고의 달님만을 엄선해 모았습니다. 이 쿠키를 드시는 동안 달의 목소리에 귀 기울여 보세요.」

다음 페이지에는 제품의 그림과 이름이 실려 있었다.

초승달 쿠키 / 킵펠

초승달 쿠키 / 벌꿀 퍼지

초승달 쿠키 / 초코칩을 넣은 디아망

반달 쿠키 / 스페쿨루스

반달 쿠키 / 후추 비스퀴

반달 쿠키 / 카카오 풍미의 아몬드 캐러멜리제

보름달 쿠키 / 갈레트 브루통

미니 보름달 쿠키 / 레몬 머랭

보름달 쿠키 / 홍차 사블레

파란 종이를 들추자 달콤한 향이 퍼지면서 통 안에 채워진 초승달, 반달, 보름달 쿠키가 모습을 드러냈다.

동글동글한 하얀 초승달 모양에 슈거 파우더를 뿌린 쿠키가 킵펠이고, 크리스마스 리스와 눈 결정 모양을 새긴 얇은 갈색 쿠키가 스페큘루스Speculoos, 위에 얇게 저민 아몬드를 듬뿍 올린 카카오 색의 반달 쿠키가 아몬드 캐러멜리제인 모양이었다. 도톰한 비스킷 같은 둥근 쿠키 갈레트 브루통Galette bretonne과 홍차 찻잎을 짜 넣고 가운데에 레몬 잼을 올린 보름달 쿠키 홍차 사블레도 있었다. 그리고 사랑스러운 달님 쿠키 사이사이에 끝이 살짝 뾰족한 미니 보름달 쿠키 레몬 머랭이 채워져 있었다.

부드럽게 빛을 내는 달님들이 한자리에 모여서 떠들썩하게 웃고 떠드는 듯하다.

미쓰루는 단 음식도, 앙증맞은 모양도 좋아하지 않았다. 그래서 하루카가 먹어 보라며 과자를 내밀 때마다 늘 거절했었다. 그런 자신에게 남기고 간 것이 쿠키라니, 순간 너무하다는 생각과 함께 목 안쪽에서 무언가 울컥 솟구쳤다. 눈꺼풀 안쪽이 뜨거웠다.

'그때 하루카가 다정하게 웃으며 건넸던 과자들을 먹었다면 달랐을까? 하루카가 떠나지 않았을까?'

미쓰루는 손가락을 뻗어 진한 벌꿀색을 띤 초승달 모양의 쿠키 하나를 집어서 입에 넣었다. 쿠키가 혀 위에서 힘없이 부서졌다.

그 허무함에 놀란 몸이 가늘게 떨렸다.

씹을 때마다 촉촉이 배어 나오는 벌꿀의 단맛과 향기에 마음이 젖어 들고 외로움이 파도처럼 밀려왔다. 눈꺼풀이 아플 만큼 열이 차올랐다.

삼킨 후에도 달콤함과 허전함이 혀 위에 여운처럼 맴돌았다.

미쓰루는 같은 초승달 쿠키를 하나 더 집어 입으로 가져갔다.

파슬파슬 부드럽게 허물어졌다.

벌꿀 향이 코와 혀를 감쌌다.

사라지지 않고 계속 머물렀다.

귀여운 건 뭐든 껄끄러웠다. 다정함은 어떻게 받아야 하는지 알지 못했다.

그래서 제게는 필요하지 않다고 생각했다.

하지만 지금, 작고 사랑스러운 달 하나에 미쓰루의 마음이 속절없이 흔들리고 있었다.

눈앞이 흐릿해지고 뺨을 타고 따뜻한 것이 흘러내렸다. 자신이 울고 있다는 사실을 깨닫자 더욱 혼란스러워졌다.

'눈물 같은 건 흘리지 못하는 인간이라고 생각했는데….'

소책자에 쓰여 있던 스토리텔러의 이야기가 부드러운 하루카의 목소리로 변해 귓가에 울렸다. 어째서인지 이유는 모르겠다.

「밤하늘을 밝혀 주는 달은 낮에는 보이지 않지만 언제나 당신 옆을 지키고 있습니다.」

「조용하고 다정한 목소리로 많은 이야기를 들려준답니다.」

미쓰루는 하루카가 달님처럼 자신의 곁을 지켜 주었다는 사실을 깨달았다.

자신같이 편협한 인간에게 찾아온 기적이었다. 하루카가 준 다정함과 따스함, 사랑까지 어느 것 하나 잃어버려서는 안 되는 소중한 것이었다.

'혹시 심각한 병이었던 걸까? 나을 가망이 없는 그런…? 그렇다면 이번에는 내가 하루카에게 힘이 되어 주어야 해.'

통에 들어 있던 벌꿀 퍼지 3개를 다 먹은 미쓰루는 반쯤 얼이 나간 듯한 얼굴로 아파트를 뛰쳐나와 차를 몰고 하루카가 살던 옛집으로 향했다.

여러 번 갔던 곳이니 길은 잘 안다.

하루카는 미쓰루와 같이 사는 동안에도 환기를 위해 종종 옛집에 들렀었다.

그러니 분명 그 집에 있을 터였다.

큰 도로를 벗어나자 주변 풍경이 점차 한산해지고 가로등 불빛도 줄어들었다.

미쓰루는 가로등 대신 밤하늘에서 내려온 부드러운 달빛이 비추는 좁은 길을 달렸다. 액셀러레이터를 힘껏 밟으며 혼잣말을 되뇌었다.

'하루카는 건강해질 거야. 하루카는 괜찮을 거야. 우리는 앞으로도 계속 함께할 거니까.'

〈안도 마유의 이야기〉
레몬 잼을 채운 보름달 쿠키 '홍차 사블레'

둥근 카메라 너머에서 반가운 엄마의 목소리가 들렸다.

[마유! 지금 꽃집 앞이야! 생선 가게 앞은 이미 지났어. 이제 금방 집에 도착해! 아직 초인종 누른 사람 없었지?]

마유는 거실 수납장 위에 있는 둥근 카메라를 향해 씩씩하게 대답했다.

"응, 엄마. 아직 누른 사람 없었어."

엄마는 혼자 집에 있을 때는 인터폰이 울려도 절대 받으면 안 되고, 문도 절대 열면 안 된다고 늘 신신당부했다.

마유가 초등학교 2학년이라서 아직 어리기 때문에 혹시 초인종을 누른 사람이 나쁜 사람이면 큰일 날 수도 있다고 했다.

마유는 방 하나에 거실이 딸린 작은 아파트에서 간호사로 일하는 엄마와 함께 산다.

아빠는 태어났을 때부터 없었다. 미쿠리도, 유이나도, 아빠가 있는데 왜 마유는 엄마만 있을까? 궁금했던 적도 있지만, 마유는 엄마가 세상에서 제일 좋았고 두 사람은 늘 행복했다.

'엄마가 집에 있는 시간이 더 많으면 좋을 텐데….'

엄마는 밤늦게 퇴근할 때도 있었고, 휴일에 일하러 갈 때도 많았다.

그런 날은 혼자서 빈집을 지키며 엄마가 만들어 둔 밥을 냉장고에서 꺼내 먹었다.

전자레인지와 전기주전자는 사용해도 되지만 부엌에 있는 전기레인지는 만지면 안 된다.

마유는 전기레인지도 전자레인지나 전기주전자와 별반 다르지 않고 이제 2학년이니까 괜찮다고 생각했지만, 3학년 때부터 사용하기로 엄마와 약속했으니 참아야 한다.

엄마는 마유를 아직도 어린아이라고 여기기 때문에 엄마가 없으면 할 수 없는 일이 많아진다.

그래서 마유는 엄마가 항상 집에 있었으면 좋겠다고 생각했다.

그리고 엄마가 알면 또 어린애 취급을 할 것 같아서 말하지 않았지만, 엄마가 없을 때 초인종이 울리면 깜짝 놀라서 숨이 덜컥 멈추기도 했다. 밤에 혼자 숙제할 때나 인터넷으로 동영상을 볼 때도 주위가 갑자기 조용해져서 무서울 때가 있다.

하지만 엄마에게는 절대로! 절대로! 말할 수 없는 비밀이다.

"마유! 엄마 왔다!"

홈캠에서 들리던 엄마 목소리가 현관에서 들렸다. 마유는 발소리를 크게 내지 않도록 조심하면서 후다닥 달려가 엄마를 맞았다.

"다녀오셨어요. 엄마!"

"아직 초인종 누른 사람 없었지?"

"응! 택배 아저씨 아직 안 오셨어."

"아아, 마지막 배달 전에 도착해서 다행이다아!"

엄마가 마유를 꼭 안고 뺨을 비볐다. 엄마가 일하는 병원의 소독약 냄새가 났다. 마음이 편안해지는, 마유가 제일 좋아하는 냄새다.

"오늘 굉장한 택배가 올 거야. 우리 딸이 엄마 말 잘 듣고 혼자 집도 잘 봐서 달님이 선물을 보내 주셨대."

"달님이?"

마유의 눈이 동그랗게 벌어지는데 때마침 초인종이 울렸다.

"왔다!"

엄마가 활짝 웃으며 인터폰을 받았다. 하지만 문을 열어 보니 물건을 들고 있던 사람은 달님이 아니라 택배 기사 아저씨였다.

그런데도 엄마는 "마유, 이것 봐! 달님이야!"라고 좋아하며 상자를 뜯었다. 상자 안에서 예쁜 파란색 통이 나왔다. 뚜껑에 초승달과 반달, 둥근 보름달이 그려져 있고 창문 그림도 있었다.

엄마가 뚜껑을 열자, 순식간에 달콤한 냄새가 화악 퍼지면서 마유의 코끝을 간지럽혔다.

'와아, 맛있는 냄새.'

엄마도 황홀한 표정으로 코를 씰룩거렸다.

하늘하늘한 파란색 종이로 덮여 있었고, 그 위에 종이로 만든 둥근 달이 놓여 있었다. 달을 치우고 종이를 걷어 내자, 달콤한 향기가 더욱 진해졌다. 이어서 통 안에 든 예쁜 달님들이 마유의 눈 속으로 날아들었다.

옆면에 반짝반짝 빛나는 설탕이 잔뜩 뿌려진 초승달 모양의 초 코칩 쿠키도 있고, 얇게 썬 아몬드를 듬뿍 올린 반달 쿠키에, 탐스 러운 여우 털처럼 밝은 갈색으로 잘 구워진 묵직하고 도톰한 보름 달 쿠키도 있다.

쿠키 사이사이에 뿌려진 끝이 살짝 뾰족한 노란색 미니 보름달 쿠키는 마치 숲속에 떨어진 달의 눈물 같았다.

귀엽고 앙증맞은 달님들이 통을 가득 채우고 있었다.

"우와, 예쁘다. 엄마, 맛있겠다. 그치?"

"늦은 시간지만 조금만 먹어 볼까?"

엄마도 빨리 맛보고 싶어서 참을 수 없는 모양인지, 바로 전기 주전자로 물을 끓여서 차를 우렸다.

엄마의 잔에는 푹 잘 수 있게 도와주는 허브차를, 마유의 잔에 는 따뜻한 우유를 따르고 벌꿀도 듬뿍 넣었다.

"딱 2개만 먹는 거야."

엄마의 말에 신중하게 고민한 마유는 가운데에 노란색 잼이 올

려진 보름달 쿠키와 슈거 파우더가 눈처럼 폴폴 떨어지는 동글동
글한 초승달 쿠키를 골랐다.

"보름달 쿠키는 레몬 잼을 올린 홍차 사블레고, 초승달 쿠키는
킵펠이래."

종이로 만든 둥근 달을 펼친 엄마가 쿠키 이름을 차분한 목소리
로 가르쳐 주었다.

'우와, 이름만 들어도 맛있을 것 같아!'

보름달 쿠키 위에 콕 박힌 레몬 잼이 달빛을 모아 놓은 듯 반짝
거렸다. 마유는 먼저 홍차 사블레를 한 입 베어 물었다.

와삭. 홍차 향이 나는 사블레가 이에 닿자마자 그대로 바사삭
부서지면서 달콤한 버터와 어른스러운 홍차 맛이 입안에 퍼지고,
곧이어 상큼한 레몬 잼이 끈적하게 혀를 감쌌다.

너무 맛있어서 이대로 뺨이 녹아 버릴 것만 같다. 마유는 양 팔
꿈치를 날개처럼 파닥거렸다.

엄마가 '스토리텔러로부터'라고 써진 보름달 모양의 종이를 펼
쳐서 읽어 주었다.

"밤하늘을 밝혀 주는 달은 낮에는 보이지 않지만 언제나 당신
옆을 지키고 있습니다. 조용하고 다정한 목소리로 많은 이야기를
들려준답니다. 달콤한 과자로 만든 다정한 달님의 목소리를 당신
께 전합니다'라고 쓰여 있네. 어쩜, 너무 낭만적이다."

'달님은 낮에 보이지 않아도 언제나 내 옆을 지키고 있구나….'

마유는 한쪽이 살짝 패인 둥근 달님을 가만히 바라보았다.

'동그라미… 어? 이 모양 꼭 어디선가 본 것 같은데…. 아! 맞다! 홈캠!'

홈캠은 엄마가 밖에 있을 때 마유가 집에 잘 있는지 스마트폰으로 확인할 수 있도록 도와주는 기계다. 엄마와 대화도 할 수 있다.

그러고 보니 홈캠도 달님과 똑같이 둥근 모양이다.

'그렇구나. 저 둥근 카메라는 엄마가 나를 위해 집에 놓아 둔 달님이었던 거야. 엄마는 집에 없을 때도 나랑 같이 있었던 거야.'

그렇게 생각하니 갑자기 마음이 벅차올라서 뺨이 봉긋 솟아올랐다.

마유는 레몬 잼이 박힌 둥근 달님을 다시 한 입 베어 물었다. 계속 종이달을 들여다보고 있던 엄마가 사블레는 모래라는 뜻이라고 이야기해 주었다. 모래처럼 입안에서 사르륵 녹아 버리는 쿠키라고….

홍차와 레몬 향기에 푹 빠져 버린 마유는 앞으로는 엄마가 일 때문에 늦게 돌아와도 전보다는 덜 외로울 것 같다고 생각했다.

떨어져 있어도 엄마는 분명 마유를 생각하면서 이런저런 이야기를 하고 있을 테니까.

가볍게 바스러지는 머랭과 새하얀 샹티 위에 뿌려진
경쾌한 마롱 크림의 유혹

'토르슈 오 마롱'

"무기! 가을 시즌 아시에트 데세르, 정말 최고야!"

밝은 핫핑크 맨투맨 티셔츠가 잘 어울리는 단골손님 요시히사가 계산대 앞에서 흥분을 감추지 못했다.

지난주부터 홀 손님 한정으로 판매하기 시작한 초승달 케이크 '토르슈 오 마롱Torche aux marrons'의 반응이 폭발적이기는 했다. 최근 일주일간 홀 손님 대부분이 아시에트 데세르를 주문할 정도였으니까.

"어떤 지방에서는 몽블랑Mont Blanc을 토르슈 오 마롱이라고 부른다며? 료 씨가 SNS에 올린 사진을 보고 서둘러야겠다는 생각에 바로 달려왔어. 반응이 심상치 않았거든. 이러다 못 먹을 수도 있겠다 싶었다니까."

"나도 계속 늘어나는 '좋아요'를 보고 깜짝 놀랐어."

얼마 전부터 맛집 탐방을 다니며 SNS에 디저트 사진을 올리기 시작한 또 다른 단골손님, 료고도 한마디 거들었다.

"료 씨가 올린 사진이 진짜 맛있어 보였다니까요! 폭신폭신한 마롱 크림이 풍성하게 올려진 사진도 좋았는데, 두 번째로 올린 단면 사진은 더 대박이었어요! 샹티Chantilly(휘핑크림)랑 머랭이 너무 생생해서 입에 침이 고였다니까요. 그걸 보고 어떻게 '좋아요'를 안 누르겠어요."

키도, 덩치도 큰 거구의 회사원 료고가 아담하고 호리호리한 대학생 요시히사의 칭찬에 수줍게 얼굴을 붉혔다.

"아니야. 내 사진 때문이 아니라 '달과 나'의 토르슈 오 마롱이 그만큼 매력적인 거지. 내가 지금 재택근무 중인데 사람들이 더 몰려들기 전에 한 번 더 먹어 둬야겠다 싶어서 쉬는 시간에 짬 내서 나왔다니까."

사이좋은 디저트 마니아들의 대화를 듣고 있자니 무기의 입꼬리도 저절로 올라갔다.

"그런데 무기, 학교는?"

그러다 문득 생각났다는 듯 요시히사가 물었다.

고등학생인 무기가 평일 이 시간에 계산대를 지키고 있으니 이상했던 모양이다.

"요즘 시험 기간이라 일찍 끝났어요."

"뭐? 그럼 공부해야지!"

"그게… 일손이 부족해서요."

유리 벽으로 가로막혀 있는 주방에서는 우아한 백색의 셰프복을 입은 도카가 마롱 크림을 명주실처럼 가늘고 섬세하게 짜서 머랭과 샹티 위에 올리는 중이었다. 오늘 하루만 해도 저 작업만 벌써 몇 번째인지 모른다.

파란색 원피스에 레이스가 달린 새하얀 앞치마를 매고, 머리에는 흰색 삼각 두건까지 두른 파트타임 직원들도 인터넷 판매 택배 상자를 포장하는 틈틈이 가게에서 팔 사블레와 마들렌까지 포장하느라 분주했다.

파트타임 직원들은 40대에서 50대 여성들로 뽑았다.

가타리베는 4, 50대 주부라면 자녀들도 어느 정도 컸을 테고, 집안일을 하면서 기본적인 주방 기술은 물론, 체력이나 상식도 갖췄을 테니 파트타임으로 채용하기에 가장 적합하다는 논리를 펼쳤다.

그 결과 무기의 반 친구 마키하라 소마의 어머니, 후미요도 일주일에 두 번, '달과 나'에서 일하게 됐다.

그녀는 동그란 얼굴에 함박웃음을 띠고 말했다.

"너무 즐거워서 매일매일 설레. 유니폼으로 받은 파란색 원피스를 입을 때마다 가슴이 콩닥콩닥 뛴다니까."

야마나시현에서 이사 왔다는 네네도 밝은 표정으로 동조했다.

"저도 그래요. 처음에는 유니폼이 너무 귀여워서 창피하기도 했는데 지금은 너무 좋아요. 걸을 때나 움직일 때도 편해서 입고만 있어도 기분이 좋아져요."

키가 크고 마른 체형에 안경을 낀 반듯한 이미지의 네네도 유니폼이 맞춘 듯이 잘 어울렸다.

유리 벽 너머로 보이는 주방 풍경에 원피스 유니폼을 입은 파트타임 직원들의 모습이 더해졌지만 조금도 어색하지 않았고, 오히려 예전보다 밝고 화사해서 보기 좋았다. 직원들 덕분에 전보다 더 활기가 넘쳤다.

전부 가타리베의 예상대로였다. 다만….

'파트타임 직원들은 가타리베 씨 계획대로 잘 돼서 다행이지만, 가장 중요한 파티시에를 뽑지 못해서 큰일이네.'

무기의 얼굴에서 근심을 읽은 료고가 조심스럽게 물었다.

"파티시에를 구한다는 공고가 계속 붙어 있던데, 지원자가 없어? 아니, 왜? '달과 나'는 요즘 디저트 마니아들 사이에서 주목받는 핫플레이스잖아."

"지원자가 없는 건 아니에요. 가타리베 씨 눈에 차는 사람이 없을 뿐이죠."

검은 연미복을 입은 가타리베는 오늘도 주방에서 도카가 완성한 토르슈 오 마롱을 들고 부드럽게 미소 짓고 있었다. 저토록 우아한 미소로 면접을 보고 나서 지원자들을 단칼에 죄다 떨어뜨려 버렸다.

"이 지원자는 안 되겠어요. 분명 도카 씨에게 반해서 문제를 일으킬 겁니다. 채용할 수 없어요. 이 사람도 안 돼요. 폭력적인 성향이 보여요. 도카 씨가 위험할 수 있으니 탈락입니다."

가타리베는 이 세상 모든 남자가 언니에게 흑심을 품을 거로 의심했다.
그래서 여성 파티시에로 뽑자고도 권해 봤다.

"오늘 면접 본 여자분, 레스토랑에서 파티시에로 일했다고 했죠? 가타리베 씨 말에 진지한 눈빛으로 열심히 고개를 끄덕이시던데, 그분 괜찮지 않았어요?"

쾌활한 성격에 얼굴도 예뻐서 언니는 불안해할지도 모르겠지만, 그래도 여자라면 그가 거부할 이유는 없지 않을까 싶었다.
하지만 가타리베는 또 심각한 표정으로 고개를 가로저었다.

"아니요. 저한테 다른 마음을 품을 것 같아서 안 되겠어요. 그런 눈빛을 보내는 여자는 애초에 피하는 게 상책이거든요. 자기주장도 강해 보였어요. 도카 씨랑 의견충돌이라도 생긴다면 곤란해집니다."

'하… 언니, 전혀 걱정할 필요 없겠어. 가타리베 씨에게 여자는 언니 한 사람뿐이야.'

하지만 가게는 점점 바빠지고 새 파티시에를 구하지 못해서 혼자 고생하는 언니를 보면 한숨이 절로 나왔다. 그때 가게 문이 또 열렸다.

"아, 또 손님이 왔어."

"빨리 새 파티시에를 구하길 바랄게."

요시히사와 료고가 인사를 하고 가게를 나갔을 때 마침 가타리베가 주방에서 나왔다.

무기도 다시 계산 업무에 집중하려던 그때, 해맑은 목소리가 가게 안에 울려 퍼졌다.

"토르슈 오 마롱 부탁합니다! 먹고 갈 거예요!"

고개를 들어 보니 목소리만큼이나 반짝반짝한 소년이 서 있는 게 보였다.

'중학생?'

헐렁한 루즈핏 스타일의 옷을 입은 소년은 부드러운 금발이었다. 아이돌처럼 예쁘장한 얼굴에 초롱초롱 빛나는 큰 눈이 눈에 띄었고, 입가에는 상큼한 미소가 걸려 있었다.

가타리베의 안내를 받아 테이블에 앉고 나서도 벅찬 기대감을 주체할 수 없다는 듯이 생글생글 웃으며 가게 안을 이쪽저쪽 둘러봤다. 그러다 유리 벽 너머에 있는 주방에 시선이 닿자 눈을 더 초롱초롱하게 빛냈다.

보고 있던 무기까지 저절로 미소 짓게 하는 소년이었다.

'아, 귀여워! 토르슈 오 마롱이 얼마나 먹고 싶었으면…. 머리는 염색한 건가? 중학생이면 교칙 위반일 텐데, 혹시 내 또래 고등학생인가? 아, 어쩌면 국제학교 학생인지도 몰라.'

"오래 기다리셨습니다. 가을 시즌 아시에트 데세르 초승달 케이크 토르슈 오 마롱입니다."

가타리베가 우아한 몸짓으로 토르슈 오 마롱 접시를 테이블 위에 내려놓았다.

하얀 접시 위에 놓인 우아한 초승달을 바라보던 금발 소년의 눈이 동그랗게 벌어지더니 곧이어 입에서 와, 하는 감탄사가 터져 나왔다.

"프랑스 동부의 알자스와 리옹 지방에서는 몽블랑을 토르슈 오 마롱이라고 부른답니다. 토르슈는 횃불이라는 뜻인데 머랭과 샹티 위에 마롱 크림을 높게 쌓은 모양이 횃불의 불꽃과 같다고 해서 붙여진 이름이죠."

소년은 연신 고개를 끄덕이며 깊고 감미로운 목소리로 이어지는 가타리베의 이야기에 귀를 기울였다.

그 와중에도 설렘 가득한 눈으로 토르슈 오 마롱을 뚫어져라 바라보고 있었다.

"저희 가게의 토르슈 오 마롱은 안개처럼 가볍게 파사삭 부서지는 머랭 위에 우유가 듬뿍 들어간 무가당 샹티를 올리고, 그 위에 국산 밤으로 만든 마롱 크림을 뿌렸습니다. 혀 위에서 사르륵 녹아내리는 샹티는 신선하고 담백한 맛을 내고, 그 위에 가늘고 가볍게 뿌린 마롱 크림은 폭신한 식감 속에 밤 향을 머금고 있답니다. 은은하고 고급스럽게 퍼지는 향을 느껴 보시길 바랍니다."

"잘 먹겠습니다!"

소년이 산처럼 높게 쌓아진 마롱 크림 위로 포크를 찔러 넣었다. 가느다란 크림이 끊어져 포크 틈새로 뚝뚝 떨어지자 다시 와, 하는 감탄이 터지고 감격에 찬 목소리가 흘러나왔다.

"정말 폭신폭신해요!"

소년은 연한 금색의 마롱 크림을 순백의 샹티로 감싸듯이 떠서 함께 입에 넣었다.

"우와!"

다시 감탄이 터졌다.

"밤 향이 엄청 진해요. 샹티도 말도 안 되게 부드럽고. 마롱 크림이 입안에서 사르륵 녹는 느낌도 대박인데, 우와아, 머랭이 가볍게 부서지는 느낌도 정말 최고네요. 이런 식감은 처음이에요."

그는 예쁜 초승달 케이크를 잘라서 입에 넣고, 감탄하고, 감격에 몸을 부르르 떤 다음, 다시 케이크를 입에 넣기를 반복했다. 그러다 벅찬 감동을 주체할 수 없었는지 지그시 눈을 감았다.

'어쩌면 저렇게 맛있고 즐겁게, 행복해하면서 먹을 수 있을까.'

무기는 소년에게서 눈을 뗄 수 없었다.

'영상으로 찍어서 언니에게 보여 주고 싶어. 언니도 저 애가 언니의 토르슈 오 마롱을 얼마나 맛있게 먹는지 봐야 하는데!'

눈 깜짝할 사이에 접시를 깨끗이 비운 소년은 만족스럽다는 듯 길게 숨을 내쉬었다.

그러고 다시 눈을 반짝이며 가타리베를 향해 달려들기라도 할 것처럼 크게 소리쳤다.

"결심했어요! 저 여기서 일할래요! 밖에 붙어 있는 공고 봤어요. 저를 채용해 주세요! 호시즈미 이쿠토, 만 열여섯입니다! 롯폰기에 있는 오를로쥬에서 수습 파티시에로 일했습니다! 이곳에서 일하고 싶어요. 방금 먹은 데세르가 세상에서 두 번째로 맛있었거든요!"

'뭐? 지금 뭐라고? 오를로쥬? 거기는 데세르가 한 접시에 5,000엔이나 하는 유명한 가게잖아. 저 애가 파티시에라고? 열여섯? 그럼, 학교는? 그리고 **두 번째로 맛있다니**, 그런 말은 가타리베 씨 심기를 건드린다고!'

놀란 무기는 걱정이 앞섰지만, 소년의 말을 들은 가타리베의 표정은 세상 다시없을 듯 온화했다. 그리고 이어서 또 한 번 무기를 놀라게 하는 대답을 내놓았다.

"좋습니다. 호시즈미 이쿠토 군. 앞으로 잘 부탁드립니다."

☾ ◑ ○

"도카 누나! 마카롱 다 만들었어요! 또 뭐 할까요?"

"어머, 벌써 다 만들었어요? 그럼, 아몬드 캐러멜리제 부탁해도 될까요?"

"와! 저 캐러멜리제 진짜 좋아해요!"

실질적인 결정권자나 다름없는 가타리베의 한 마디로 채용된 이쿠토는 처음부터 '달과 나'의 주방에서 일했던 사람처럼 빠릿빠릿하게 움직이며 맡은 일을 척척 해냈다.

출근한 지 사흘 만에 그 많은 조리 도구와 식재료들의 위치까지 전부 외웠다.

"제가 기억력 하나는 끝내주거든요. 한 번 보거나 읽은 건 다 기억해요."

그는 자신만만하게 말했지만—

"누나가 아니라 파티시에라고 부르세요."

가타리베가 조용히 주의를 주면—

"넵! 알겠습니다!"

씩씩하게 대답하고서는 돌아서면 금세 다시 "도카 누나!" 하고 목소리를 높였다.

"정말 기억력이 좋은 게 맞을까요?"

그런 이쿠토를 보고 가타리베는 아무래도 의심스럽다는 듯 미간을 좁혔다.

불과 얼마 전에 열여섯 번째 생일이 지났다는 이쿠토는 여름방학이 시작되기 전에 고등학교를 자퇴했다고 했다.

텔레비전에도 종종 나오는 롯폰기의 고급 파티세리Pâtisserie(프랑스식 고급 디저트 가게) '오를로쥬'에서 수습 파티시에로 일했다는 말은 사실이었지만, 기간은 고작 한 달이었다.

이쿠토가 일했던 오를로쥬는 대표 파티시에가 예상치 못한 스캔들에 휘말려 얼마 전부터 휴업 중이었다.

디저트의 본고장인 프랑스에서 경력을 쌓고 금의환향한 오를로쥬의 대표 파티시에는 모델 뺨치는 외모와 뛰어난 실력으로 주목을 받는 사람이다. 오를로쥬는 손님 눈앞에서 현란한 솜씨로 바로 완성해 대접하는 아시에트 데세르가 인스타그램 인플루언서들에게 극찬받으며 텔레비전 특집방송에 소개됐다. 또 연예인들이 비밀리에 만나는 장소라는 소문까지 퍼지면서 음료와 함께 제공되는 데세르가 한 접시에 5,000엔이나 하는데도 예약하기가 하늘의 별 따기일 정도로 유명한 핫플레이스가 됐다.

그러던 어느 날 한 남성 유튜버가 찾아와 카운터석에 앉아 라이브 방송을 했는데, 그 일이 오를로쥬의 운명을 뒤바꿔 버렸다.

오를로쥬의 미남 파티시에는 원래 사진이나 동영상 촬영은 홍보를 대신 해 주는 셈이니 마다할 이유가 없다고 흔쾌히 허락하는 사람이었지만, 그날은 좀 달랐다. 유튜버의 행동 하나하나가 지나치게 과장되고 목소리도 너무 커서 방송 중간부터는 파티시에도 눈살을 찌푸릴 정도였다고 한다.

처음에는 다른 손님께 방해가 될 수 있으니 조금만 목소리를 낮춰 주시면 감사하겠다고 정중히 부탁했지만, 당시 주방에서 보고 있던 이쿠토의 말에 따르면 파티시에는 그때도 이미 참을 만큼 참아서 폭발 직전이었다고 한다.

"도키히코 형이 원래 좀 욱하는 성질이 있거든요. 그 정도면 정말 많이 참은 거예요."

알고 보니 오를로쥬의 대표 파티시에 기류 도키히코는 이쿠토의 친척이었다. 다시 말해 이쿠토는 이른바 '낙하산'이었고, 정확히 말하자면 수습 파티시에였다기보다는 그저 아르바이트 학생이었다.

아무튼 다시 그날로 돌아가서, 유튜버는 오를로쥬의 스페셜 토르슈 오 마롱을 먹는 동안은 극찬을 이어 갔지만 문제는 그다음이었다.

"여러분, 이거 확실히 맛있습니다! 하지마아아아안! 한 접시에 4,950엔? 비싸도 너무 비싸! 전국 어디에서나 쉽게 살 수 있는 돌체리나의 밤·고구마 몽블랑 아시죠? 맛도 끝내 주지만 가격도 388엔밖에 안 하거든. 그거랑 비교하면 가성비는 최아아악! 까놓고 얘기해서 맛도 그다지 차이를 모르겠네요! 돌체리나도 충분히 맛있거든! 오를로쥬 대 돌체리나! 저라면 돌체리나에 한 표를 던지겠습니다!"

공장에서 만들어 전국으로 납품하는 대량 생산 제품과 맛에 큰 차이가 없고 가격만 비싸다, 돌체리나가 더 낫다, 그 말을 눈앞에서 들은 도키히코는 결국 폭발하고 말았다.

"뭐라고! 맛이 똑같아? 고구마를 써서 가격을 낮춘 대량 생산

제품이랑 프랑스에서 직수입한 서양 밤으로 만든 신선한 마롱 크림을 올린 내 토르슈 오 마롱이 대체 어디가 똑같다는 거야! 이 맛도 모르는 무식한 유튜버 놈아!"

한 손에 럼주를 데우는 냄비를 들고 카운터 밖으로 뛰쳐나간 도키히코는 분노에 찬 고함을 지르며 유튜버에게 따지고 들었다.

당황한 이쿠토와 다른 직원들이 말리려고 했지만, 유튜버는 엉거주춤한 자세로 이리저리 도망치면서 방송을 계속했고, 도키히코는 한 손에 냄비를 든 채로 그를 쫓아다녔다. 그러다 발을 헛디더 넘어진 유튜버가 그의 셰프복을 붙잡고 늘어지는 바람에 두 사람이 같이 바닥을 뒹굴었다. 유튜버는 다치지 않았지만, 하필 넘어진 도키히코의 위로 의자가 쓰러졌고 거기에 유튜버의 체중까지 실리면서 그는 오른팔이 부러져 버렸다.

전치 12주의 중상이었다.

엎친 데 덮친 격으로 유튜버가 올린 영상이 인터넷에 퍼지면서 여론까지 들끓기 시작했다.

유튜버도 잘못했지만 도키히코의 폭언도 지나쳤다는 비난이 쏟아졌다. 거기에 그가 아이돌과 그라비아 모델 사이에서 양다리를 걸쳤다는 의혹까지 퍼지면서 비난 여론은 날이 갈수록 거세졌다. 결국 오를로쥬는 당분간 문을 닫고 휴업하기로 했다.

휴업이라고 했지만 사실상 거의 폐업이라고 봐야 했다. 가게 사장은 고급 중화 레스토랑으로 바꿀 계획을 세웠고, 도키히코에게 새 가게에서 중국요리와 프랑스 과자를 조합한 퓨전 디저트를 선보이며 새 출발해 보면 어떻겠냐고 제안했단다. 분명 화제가 될 거라는 사장의 말에 그는 다시 한번 폭발했다.

"웃기지 마! 나는 전통 있는 프랑스 파티세리에서 자부심을 가지고 프랑스 과자를 배운 정통파야! 나보고 만두 케이크를 만들라고? 집어치워! 이따위 가게 내가 그만두겠어!"

도키히코는 사장의 제안을 단칼에 거절했다.

"도키히코 형은 성격이 너무 불같아서 탈이에요. 물론 그런 말을 들었다면 저라도 그랬겠지만…."

친척 형의 심정을 생각하면 자신도 안타까운지 이쿠토도 어깨를 힘없이 떨어뜨렸다.
하지만 금세 다시 눈을 반짝였다.

"그래서 저도 백수가 됐는데 '달과 나'에서 먹은 도카 누나의 토르슈 오 마롱이 세상에서 두 번째로 맛있었거든요. 그 순간 꼭 여기서 일해야겠다고 결심했어요."

"'달과 나'는 SNS에 올라 온 토르슈 오 마롱을 보고 알게 됐어요. 대부분은 '몽블랑'이라고 하거든요. 가끔 '몬테 비앙코Monte Bianco'라고 하는 곳은 있어도 '토르슈 오 마롱'이라는 이름을 내거는 가게는 거의 없어서 눈에 띄었어요."

언젠가 자신도 최고의 토르슈 오 마롱을 만들겠다고 씩씩하게 선언한 이쿠토는 지금도 머랭과 새하얀 샹티 위로 금빛 마롱 크림을 정성스럽게 올리는 도카의 손을 황홀하다는 듯 바라보는 중이었다.

이쿠토는 경험은 적어도 솔직하고 긍정적인 성격에, 손도 빨랐다. 괜찮은 직원을 만난 듯해서 무기도 한결 마음이 놓였다.

그래서 적어도 그런 일이 일어날 줄은 꿈에도 몰랐다.

☾ ◐ ○

"그러니까 네가 걱정할 일은 없다니까, 레이지. 그냥 평범하고 좋은 애야."

"열여섯 살은 너무 어려. 게다가 고등학교를 자퇴했다고? 그것부터가 문제라는 증거잖아? 틀림없이 무면허로 오토바이를 몰고 다녔거나 패거리들끼리 싸우다가 경찰서에 잡혀가서 퇴학당했을 거야!"

"그건 요즘 소마가 빠져 있는 만화 스토리잖아. 너도 읽었구나? 아무튼 이쿠토는 그런 불량 학생이 아니야. 아이돌처럼 귀엽게 생겼다고."

"아이돌? 그것도 기분 나빠! 나랑 캐릭터가 겹치잖아! 제길!"

레이지는 새 파티시에를 구했다는 이야기를 들은 이후로 줄곧 불평 불만투성이였다.

무기와 같은 반 친구이자 소꿉친구인 레이지는 잘생긴 외모에 친절하고 매너 좋은 우등생이라는 완벽한 스펙을 자랑하며 여고생 팬들을 몰고 다니는 인기남이다.

하지만 실체는 암흑세계의 왕자라고 해도 좋을 만큼 잔뜩 꼬이고 비틀린 고등학생이고, 무기 앞에서는 제 본성을 숨기지 않고 서슴없이 독설을 쏟아 낸다.

어릴 때부터 도카를 좋아했던 레이지는 줄곧 그녀를 괴롭혀 왔다. 촌스럽고 늙어 보인다거나 누나가 만든 과자는 너무 밋밋해서 팔리지 않는 거라는 가시 돋친 말로 도카의 자존감을 깎아내렸다.

그런 짓을 한 이유는 도카가 너무 좋아서 자신이 어른이 될 때까지 그녀가 눈부시게 아름다운 외모를 가졌다는 사실을 어떻게든 숨기고 싶어서였단다. 정말 유치하기 짝이 없다. 좋아해서 괴롭히다니 요즘은 초등학생도 하지 않을 짓이다. 그런 유치한 짓을 고등학생이 돼서도 계속했다는 건 소꿉친구인 무기도 도저히 이해해 줄 수 없는 부분이었다.

그러다 가타리베의 등장으로 지금까지의 전략으로는 자신이 불리하다는 사실을 깨닫고 요즘은 도카에게 자상한 모습을 보여주려고 노력 중이다.

'언니는 여전히 경계하고 있지만, 그건 자업자득이니까 어쩔 수 없어, 레이지.'

본성이 그런 녀석이니 새로 고용된 파티시에가 아이돌같이 귀여운 외모를 가진 열여섯 살 소년이라는 사실을 그냥 넘길 수 없는 것도 당연했다.

"오늘 학교 마치고 가게에 가 봐야겠어. 누나한테 찝쩍거릴 놈이면 바로 내쫓아 버릴 거야."

그래서 레이지는 잔뜩 날을 세우고 학교를 마치자마자 무기와 함께 도카의 가게로 향하는 중이었다.

"이상한 애였으면 가타리베 씨가 벌써 그만두게 했을 거야. 괜찮다니까."

"그 가타리베란 녀석이 제일 거슬려!"

레이지의 얼굴이 와락 일그러졌다.

「스토리텔러가 있는 양과자점

'달과 나'

이쪽으로 오세요. 」

가게 위치를 알려 주는 입간판이 가리키는 방향으로 모퉁이를 돌자, 멀리 주택들 사이로 밝은 바다색 지붕이 나타났다. 입구에는 보름달처럼 둥근 레몬색 명패가 걸려 있고 '달과 나'라는 가게 이름이 파란색 글자로 근사하게 새겨져 있다. 유리문을 열자 달콤한 버터와 크림, 과일 향이 몸을 감쌌다.

"어서 오세요! 스토리텔러가 있는 양과자점입니다!"

발랄한 목소리로 맞아 준 사람은 바로 하얀 셰프복을 입은 이쿠토였다.

양손에 빈 접시와 찻잔을 올린 쟁반을 들고 있는 걸 보니 주방으로 돌아가려던 모양이다. 이쿠토가 무기를 보고 활짝 웃었다.

"어서 와. 무기. 왜 집으로 안 올라가고?"

"손님하고 같이 왔어. 같은 반 친구 레이지야. 이 근처에 살아."

기껏 소개해 주었는데 레이지는 무섭게 굳은 얼굴로 대충 "안녕"이라고 툭 뱉고는 무기를 가게 구석으로 끌고 갔다. 레이지가 목소리를 낮춰 빠르게 속삭였다.

"뭐야. 저 노란 머리는! 염색한 거지? 딱 봐도 문제아라 퇴학당한 거잖아!"

"멋대로 단정 짓지 마. 학교도 안 다니는데 염색하면 안 될 이유가 없잖아. 애당초 국제학교 출신이었는지도 모르고."

무기가 이쿠토의 국제학교 출신 설을 제기하고 있을 때 그가 다시 홀로 나왔다.

"손님, 메뉴는 정하셨습니까? 정하지 않으셨으면 토르슈 오 마롱은 어떠세요? 마침 테이블도 비어 있습니다만."

이쿠토가 해맑은 표정으로 꼭 먹어 보라는 열의를 담아 메뉴를 추천했다.

"그래, 레이지. 토르슈 오 마롱 먹고 가."

무기는 레이지를 테이블에 앉히고 자신도 맞은편에 앉았다.

"나도 토르슈 오 마롱 주문할게. 밀크 티도 같이. 너는 커피로 할 거지?"

"알겠습니다. 바로 준비해 드리겠습니다!"

주문을 받은 이쿠토가 활기찬 걸음으로 돌아갔다.

"봐, 고객 응대도 능숙하잖아. 어디가 문제라는 거야?"

"양의 탈을 쓰고 있는 건지도 모르지. 어! 저 자식, 왜 누나 옆에 바싹 붙어 있는 거야! 누나를 보고 좋아 죽는 저 표정은 또 뭐고, 제길! 완전 넋이 나간 얼굴이잖아!"

유리 벽 너머 주방에서 마롱 크림을 짜는 도카의 손을 황홀경에 젖은 눈으로 바라보는 이쿠토를 보고 레이지가 눈꼬리를 치켜올렸다.

"내 눈에는 작업 과정을 열심히 관찰하는 걸로 보이는데."

레이지는 무기의 말 따위는 들리지 않는다는 듯 계속 이쿠토를 노려봤다.

그러다 이쿠토가 토르슈 오 마롱을 들고 와서 의욕에 가득 찬 얼굴로 상품 설명을 하려고 할 때였다. 레이지가 거만한 왕자님 같은 얼굴로 그에게 물었다.

"고등학교를 자퇴했다고 들었는데, 너! 전에 다니던 학교가 어디였어?"

"아자부케오카 고등학교에 다녔습니다. 집에서 가까워서 걸어다닐 수 있었거든요."

그의 입에서 도쿄에서 제일가는 부촌에 있는, 전국에서 난다 긴다 하는 수재들만 갈 수 있는 학교 이름이 자연스럽게 흘러나왔다. 분명 삼류 고등학교에서 양아치 짓이나 했을 거라고 믿어 의심치 않았던 레이지는 순간 말문이 막혔다.

놀란 건 무기도 마찬가지였다.

"아…. 그, 그래? 아자부에 사는구나. 그 근처에 오래된 빌라가 많아서 생각보다 집세가 저렴한 곳이 많기는 하지. 사람들이 그걸 잘 모르더라고."

"그런가요? 저희 집은 할아버지의 할아버지 때부터 같은 곳에 집을 다시 짓거나 리모델링하면서 살아서 빌라에 대해서는 잘 몰랐어요."

"부모님이… 무슨 일을 하시는데?"

"할아버지는 중공업 회사를 경영하시고 아버지는 계열사 은행에서 근무하세요."

그 순간 무기의 머릿속에 이쿠토의 성이 '호시즈미'였다는 사실이 떠올랐다.

"혹시 호시즈미 중공업이랑 호시즈미 은행을 말하는 거야?"

무기가 묻자 바로 "네."라는 대답이 돌아왔다.

호시즈미 그룹은 일본을 대표하는 대기업이다. 그러니까… 이쿠토는 재벌가 도련님?

레이지는 이제 아예 목소리조차 나오지 않는 모양이었다.

"이쿠토, 너 귀한 집 도련님이었구나."

"에이, 도련님은 무슨. 그냥 평범한 집이야."

편한 말투로 돌아온 그가 대수롭지 않다는 듯 말했다.

'아니, 조금도 평범하지 않아.'

무기가 다시 물었다.

"그런데 아자부케오카처럼 좋은 학교에 들어가 놓고 왜 1년도 안 돼서 그만뒀어?"

"아, 그게, 첫 중간고사에서 전교 5등을 했거든."

무기와 레이지의 얼굴에 동시에 물음표가 그려졌다. 아자부케오카에서 전교 5등이면 그야말로 수재였다.

"특별히 공부를 열심히 하지도 않고 수업만 들었을 뿐인데 5등이라니, 고작 이 정도였나 싶더라고. 5등이면 어중간한 성적이기도 했고. 1등을 목표로 더 열심히 공부해 볼까도 싶었는데 그건 왠지 시시해서…. 5등만 해도 아버지랑 형들이 간 대학에는 충분히 갈 수 있고 그렇게 졸업하면 할아버지 회사에 들어가겠지. 편한 길이지만 그런 건 역시 시시하잖아. 하나도 설레지 않을 것 같았 거든."

'잘 모르겠지만, 공부가 너무 쉬워서 열여섯 살에 미래에 대한 꿈을 잃어버렸다, 뭐 그런 말인가?'

무기는 여전히 이해할 수 없었지만, 시무룩해진 이쿠토의 표정 을 보자 무기의 마음도 휑하니 비어 버린 기분이었다.

무기는 이해할 수 없어도 그에게는 분명 심각한 고민이었을 거 라는 생각이 들었다.

"우리는 네가 와 줘서 얼마나 큰 도움이 됐는지 몰라. 나는 네가 오래 있어 줬으면 좋겠어."

무기의 말에 이쿠토의 얼굴이 다시 환하게 밝아졌다.

"웅! 이 가게에 있으면 너무 즐거워! 도카 누나의 토르슈 오 마 롱은 세상에서 두 번째로 맛있고 예쁘고 다정한 누나도 너무 좋 아. 가타리베 씨도 재미있고 무기 너도 있고 말이야!"

"하하, 나도 넣어 줘서 고마워."

무기는 가볍게 웃음을 터트렸지만, 레이지는 여전히 입을 꾹 다 물고만 있었다.

그날 가게 영업이 끝나고 무기는 가타리베에게 이쿠토가 다녔 던 고등학교와 그의 가족에 관해서 이야기했다. 역시나 가타리베는 이미 알고 있었다.

"이력서를 받았으니까요. 연락처에 부모님 이름도 적혀 있었거든요."

"하지만 이력서를 보기 전에 이미 채용을 결정하셨잖아요. 왜 그러신 거예요?"

그의 대답은 짧고 명쾌했다.

"도카 씨랑 나란히 서면 그림이 예쁠 거 같았거든. 균형이 절묘하달까? 이쿠토의 외모를 본 순간 느낌이 딱 왔어요."

'네? 얼굴이요? 외모 때문이라고요? 그게 다예요?'

확실히 유리 벽 너머로 보이는 주방 풍경에 금발 머리 천사 같은 이쿠토가 더해지자 전보다 훨씬 더 화사해지기는 했다.

"레이지는 이쿠토가 언니 옆에 찰싹 붙어 있다고 난리던데, 가타리베 씨는 괜찮으세요? 질투 같은 거 안 나요?"

무기는 조금 짓궂은 질문도 던져 보았다.

하지만 눈썹 하나 까딱하지 않은 가타리베는 부드럽게 입매를 늘이고는 냉정하게 딱 잘라 말했다.

"무슨 말씀인지 모르겠네요. 파티시에를 업무 파트너로서 누구보다 경애하지만, 그건 사적인 감정과는 다른 문제니까요."

'하, 시치미 떼기는….'

언니를 두고 외모는 물론 내면까지 완벽한 자신의 이상형이라고 한 사람이 어떻게 저렇게까지 뻔뻔하게 시치미를 뗄 수 있는지, 무기는 조용히 혀를 내둘렀다.

그때 무기의 비난 어린 시선을 여유롭게 받아넘긴 가타리베가 묘한 말을 흘렸다.

"그리고 이쿠토는 도카 씨가 아니라 다른 사람에게 관심이 있는 것 같던데요."

《 ◑ ○

"죄송합니다. 오늘은 가게 휴무일이에요."

가게 정기 휴일. 오후에 은행 일을 보고 돌아온 도카는 가게 문 앞에 바짝 붙어서 안을 들여다보는 금발의 남성을 발견하고 조심스럽게 말을 건넸다.

상대가 흠칫 놀라며 뒤를 돌아봤다.

도카보다는 조금 연상으로 보였는데 배우나 모델인가 싶을 만큼 잘생긴 얼굴에 화려한 금발이 눈에 띄는 남자였다. 치렁치렁하고 펄럭거리는 옷차림부터가 길에서 흔히 볼 수 없는 화려한 스타일이어서 정말로 연예인 같았다.

'어? 그런데 이 사람, 어디서 본 것 같은데….'

남자는 도카를 보자 점점 얼굴이 빨갛게 달아올랐다.

그러더니 갑자기 덥석! 그녀의 손을 잡았다.

'어머!'

다음 날.

"파티시에가 잘생긴 남자와 손을 잡고 있었어요."

"카페에서 다정하게 이야기를 나눴다니까요."

파트타임 직원들과 단골손님들 사이에서 소문이 빠르게 퍼져 나갔다.

"요란한 차림의 금발 남자였는데 굉장히 세련된 미남이었어요! 파티시에 손을 잡고 뚜벅뚜벅 앞장서서 가는데, 파티시에 얼굴이 홍당무처럼 빨개져서는…. 남자도 눈썹에 힘을 빡! 주고 입을 꾹 다문 채로 얼굴이 새빨개져 있다라니까요. 저는 파티시에가 가타리베 씨랑 비밀 연애 중이라고 생각했는데, 혹시 그 금발 미남이 파티시에의 전 남친인 걸까요? 가타리베 씨한테서 파티시에를 되찾아 가려고 왔다거나 뭐, 그런. 이러다 치정 싸움이라도 벌어지면 어떡해요. 셋이 삼각관겐가? 세상에, 도쿄에서는 드라마 같은 일이 실제로 일어나네요. 어제는 두 사람을 쳐다보다가 자전거로 편의점 벽을 들이받을 뻔했다니까요."

요즘 가타리베에게 사무 일을 배우는 파트타임 직원 네네가 안경 속 눈을 동그랗게 뜨고 열변을 토했다.

단골인 나나코도 동거 중인 그래픽 디자이너 남자 친구와 함께 찾아와 무기에게 슬쩍 귀띔해 주었다.

"그 카페가 제 남자 친구가 일할 때 자주 가는 곳이거든요. 손님이 많지 않은 곳인데, 파티시에가 금발 미남이랑 손을 잡고 와서 한참 얘기하다가 갔다고 하더라고요."

"무슨 말을 하는지까지는 못 들었지만, 남자가 고개를 숙이니까 파티시에가 어쩔 줄 몰라 했어요."

목격자가 한둘이 아니었다. 도카가 잠시 주방을 비우면 파트타임 직원들이 잽싸게 모여서 쑥덕거리다가 그녀가 돌아오면 갑자기 말을 끊고 다시 일하기를 반복했다.

도카는 또 도카대로 뭔가 고민이라도 있는지 다른 생각에 빠져서는 주변의 묘한 분위기를 알아차리지 못했다.

"음… 아! 오늘은 이쿠토가 쉬는 날이구나. 그럼, 다음 출근은… 내일, 내일이네."

벽에 붙여 놓은 근무표를 몇 번씩 확인하고, 일하는 도중에 중간중간 손을 멈추곤 멍하니 생각에 잠기기도 했다.

무기는 그러고 보니 언니가 어젯밤 집에 돌아온 후부터 줄곧 이상했다는 사실을 떠올렸다. 무기와 가타리베, 도카가 함께 저녁을 먹을 때도 멍한 얼굴로 닭고기 전골의 거품만 끝도 없이 걷어 내고 있었다.

"파티시에, 이제 거품은 그만 걷어 내도 되겠어요. 무슨 생각을 그렇게 해요? 고민이라도 있으세요? 혹시 새로 채용한 직원한테 문제가 있으면 말씀하세요. 제가 바로 처리하겠습니다."

지켜보던 가타리베가 넌지시 물었지만—

"네? 처리요? 아, 죄송해요. 아무것도 아니에요."

시선을 돌리며 대답을 피하기만 했다.

당연하게도 아르바이트 직원과 손님들이 하나둘씩 물어온 '파티시에와 금발 미남의 데이트'에 관한 정보는 가타리베의 귀에도 들어갔다.

하지만 하필 국경일이라 아침부터 토르슈 오 마롱을 먹으러 온 손님들로 가게 앞에 대기 줄까지 생긴 상황이었다.

몰려든 손님들을 응대하느라 도무지 도카와 대화를 나눌 짬이 없었지만, 그래도 내심 신경이 쓰였는지 잠시 손님이 뜸해지자 그는 바로 도카에게 달려갔다.

"파티시에, 어제 어떤 분과 카페에서 심각한 이야기를 나누셨다는데, 도대체 누구랑 무슨 이야기를 하신 겁니까?"

질문이 상당히 단도직입적이었다.

가타리베는 언제나처럼 차분하게 물었지만, 직원들까지 모두 있는 자리에서 물었기에 다들 귀가 쫑긋 솟았다.

물론 무기도 숨을 죽였다.

도카는 어깨를 움츠리며 당황하는 기색이 역력했지만, "아, 그, 그건 아마, 제가 아니라 다른 사람을 보고… 착각하신 거 아닐까요?"라고 대충 둘러대고는 어색하게 자리를 피해 버렸다.

그사이 다시 손님이 몰려왔고, 가타리베는 어쩔 수 없이 홀로 돌아가야 했다. 그 뒤로도 틈이 날 때마다 말을 꺼낼 기회를 노렸지만, 가타리베가 다가오는 기척이 느껴지면 도카는 직원들에게 일을 부탁하거나 너무 바빠서 다른 데 신경 쓸 여유가 없다는 듯 말했다.

"바, 바쁘네요. 오늘은 정말 정신이 하나도 없어요. 정말 감사한 일이죠."

문을 닫기 직전까지 손님이 뛰어 들어올 만큼 정말 바쁜 하루이기는 했다. 그렇게 정신없는 시간이 지나가고 어느덧 문에 'close' 팻말을 내걸 시간이 됐다. 조명을 끄고 파트타임 직원들도 모두 퇴근해서 가게가 조용해지자 도카가 무기에게 말했다.

"오늘 일하면서 계속 맛을 봤더니 배가 부르네. 저녁은 안 먹어도 될 것 같아. 나 먼저 올라갈게."

하지만 서둘러 집으로 도망치려는 도카의 앞을 가타리베가 막아섰다.

"파티시에의 과자는 훌륭하지만, 과자만으로 배를 채우시면 안 됩니다. 그리고 파티시에가 누군가와 손을 잡고 데이트한 건에 대해서…."

"데, 데이트라니요. 아니에요. 전 모르는 일이에요."

"그럼, 왜 제 눈을 똑바로 보지 못하십니까?"

"그, 그건… 그러니까… 이, 이쿠토는 열심히 하고 있어요. 레시피 책을 몇 권이나 통째로 외웠고 일이 끝난 후에도 늦게까지 남아서 연습을 해요. 이쿠토 덕분에 저도 한시름 덜었고… 가타리베 씨가 이쿠토를 채용해 줘서 정말 다행이라고 생각해요."

"지금, 이쿠토 이야기를 하자는 게 아닙니다."

"그, 그렇죠. 죄송해요. 아, 아야야! 콘택트렌즈가 돌아갔나 봐요. 시, 시, 실례할게요."

도카는 누가 봐도 부자연스럽게 행동하며 또 도망쳐 버렸다.

"가타리베 씨, 제가 언니한테 물어볼게요. 시간 좀 주세요."

결국 두 사람을 지켜보던 무기가 중재에 나섰다.

"네, 부탁드릴게요. 아무래도 저한테는 말하고 싶지 않은 모양이네요."

가타리베는 싱긋 웃으며 대답했지만, 분위기는 이미 살얼음판이었다.

'가타리베 씨 지금 간신히 참고 있는 거 같은데, 도대체 이게 무슨 일이람. 언니가 가타리베 씨한테 숨기는 일이라니, 나도 불안한걸.'

그리고 역시나 불길한 예감은 빗나가지 않았다.

〔 ◐ ○

'아, 어떡해! 분명 가타리베 씨가 이상하다고 생각했을 거야.'

3층 자기 방으로 올라온 도카는 집에서 입는 원피스와 카디건으로 갈아입고 묶었던 머리도 풀었다. 콘택트렌즈를 빼고 안경을 끼고 나서야 겨우 떨리던 마음이 진정됐다. 하지만, 곧바로 조금 전 가타리베와 나눴던 대화를 떠올리고는 어깨를 축 늘어뜨리고 고개를 떨궜다.

가타리베는 늘 어른스럽고 침착한 사람이라 화를 내거나 몰아세우지는 않았지만, 아무리 다정한 표정으로 물어도 머릿속이 백지가 돼서 아무것도 떠오르지 않는 건 마찬가지였다.

자신을 걱정하기 때문이라는 걸 잘 알고 있기에 미안해서 차마 똑바로 쳐다볼 수조차 없었다.

하지만 그래도 역시 어제 일은 그에게 말할 수 없었다.

가타리베는 직원들한테 문제가 있으면 바로 처리하겠다고 했다. 그는 친절하고 너그러운 사람이지만 동시에 누구보다 이성적이고 합리적인 사람이라 결단도, 행동도 빠르다. 사실을 알았다가는 당장 이쿠토를 해고할지도 몰랐다.

"가타리베 씨가 내일 또 물어보면 어쩌지. 내가 잘 대답할 수 있을까?"

고개를 들자 커튼 사이로 은은히 새어 들어오는 부드러운 달빛이 보였다.

도카는 달빛에 이끌리듯 베란다로 나가서 불안한 마음으로 하늘을 올려다보았다.

그 순간 건너편 아파트 창문이 벌컥 열렸다. 머리를 내려 이마를 가리고 편한 셔츠로 갈아입은 가타리베가 도카의 앞에 갑자기 나타났다.

"…!"

도카는 숨이 넘어갈 만큼 놀라서 그대로 얼어 버렸다.

도카는 자기 방 베란다에, 가타리베는 자기 집 창문에 서서 종종 이야기를 나누곤 했다. 내일의 보름달은 어떤 케이크로 할까요? 좋은 무화과가 들어 왔으니까 무화과로 뭔가 만들어 봐야겠어요, 같은 평범하고 소소한 대화를 나누던 그 시간은 도카에게 너무나도 즐겁고 달콤한 순간이었다.

하지만 지금은 어리석은 제 머리를 손으로 쥐어박고 싶었다.

도카가 어떻게 하면 이 상황을 모면할 수 있을까 생각하며 식은 땀을 흘리는 사이 가타리베가 먼저 입을 열었다.

"도카 씨랑 손잡고 데이트한 남자가 가수처럼 생긴 외모에 금발이라고 들었습니다. 혹시 오를로쥬의 도키히코 파티시에 아닙니까? 이쿠토의 친척이라고 했던."

그가 냉철한 표정으로 정곡을 찌르자 도카는 다시 몸을 움찔 떨었다. 어쩌면 그는 이미 모든 걸 알고 있을지도 모른다는 생각이

스쳤다.

"마, 맞아요. 그게… 이쿠토 일로 부탁이 있다고 카페로 가자고
하셔서…."

도키히코의 표정이 너무 심각하고 절박해 보여서 차마 잡힌 손
을 뿌리치지 못했다.

처음 봤을 때 왠지 낯이 익었던 이유도 도키히코가 젊고 유능한
스타 파티시에로 텔레비전이나 인터넷에 자주 등장했기 때문이었
다. 그리고 어딘지 모르게 이쿠토랑 닮기도 했다. 단순히 머리를
같은 색으로 염색했기 때문인지도 모르지만.

"이쿠토를 해고해 달라고 부탁하셨어요. 고등학교를 자퇴한 이
쿠토를 오를로쥬에서 일하게 했던 일을 후회하신대요."

"그 녀석은 옛날부터 저를 세상에서 제일 멋진 사람이라고 생각
했어요. 제가 하는 건 뭐든 따라 하려고 했죠. 똘망똘망한 눈을 반
짝이면서 자기도 파티시에가 되겠다고 하더니 머리도 금발로 염
색하고 결국 학교까지 그만두더군요."

"저희 부모님도, 집안 어른들도 제가 이쿠토를 부추겼다고 크게
역정을 내셨어요."

"저야 어차피 대학 진학을 포기하고 프랑스로 건너가서 파티세
리에서 일하기 시작했을 때부터 이미 부모님께는 내놓은 자식이
었으니 상관없었지만요. 애당초 글러 먹은 네놈이야 그렇다 치고

똑똑한 이쿠토까지 파티시에 따위나 하게 할 거냐고 호통을 치시는데, 순간 피가 거꾸로 솟아서 그만. 욱하는 마음에 이쿠토는 제가 책임지겠다고 큰소리치고 말았습니다."

"그런데 얼마 전 벌어진 소동이 너무 커져 버려서 오를로쥬는 사실상 폐업했고, 이제 저는 이쿠토에게 힘이 되어 줄 수 없는 신세가 됐어요. 결국 그 녀석을 방치한 꼴이 돼 버렸습니다. 앞으로 저도 어떻게 살아야 할지 막막한 상황이라⋯."

"하지만 이쿠토는 아직 열여섯이에요. 얼마든지 다시 시작할 수 있습니다. 파티시에가 되겠다는 꿈은 접게 하고 다시 학교로 돌려보내야 해요. 그 녀석은 손재주가 없어서 파티시에로서는 특별한 재능이 없지만, 머리는 정말 좋거든요."

"그러니 부탁드립니다! 제발 이쿠토를 해고해 주세요."

도키히코는 몇 번이나 고개를 숙이며 애원했다.

그가 이쿠토를 얼마나 걱정하는지, 진심이 느껴져서 차마 거절할 수가 없었다. 하지만 이쿠토가 파티시에 일에 얼마나 진심인지도 너무나 잘 알기에 그만두게 하겠다는 말도 도저히 입 밖으로 나오지 않았다.

어찌해야 할지 몰라 계속 고민만 하다가 결국 뜬눈으로 밤을 새웠다.

작은 목소리를 간신히 짜내서 한 도카의 이야기를 다 듣고도 가타리베의 표정은 조금도 흔들림이 없었다.

"역시 이쿠토 때문이었군요. 그럴 거라고 짐작은 했어요."

그러고 안절부절못하는 도카를 바라보며 차분히 말을 이었다.

"상황은 잘 알았습니다. 하지만 그렇다고 해도 도키히코 파티시에처럼 연예인과의 스캔들로 인터넷에 오르내리는 남자를 따라간 건 경솔했어요. 벌써 파티시에가 요란한 차림의 남자와 손을 잡고 데이트를 했다는 소문이 직원들과 단골들 사이에 쫙 퍼졌습니다. 도키히코 파티시에는 유명인이고 외모도 화려해서 어딜 가나 눈에 띄는 사람이에요. 누군가 가십거리로 SNS에 올리면 파티시에까지 추문에 휘말릴 수 있단 말입니다! 그리고 만약 그 사람이 파티시에에게 다른 마음을 품고 들러붙으면 또 어쩔 겁니까! 파티시에가 냉정하게 거절하지 못하고 끌려갈 것 같아서 걱정이에요!"

가타리베가 딱딱한 표정으로 정색하고 긴 훈계를 늘어놓자, 도카도 욱하는 마음에 저도 모르게 되받아쳤다.

"말씀이 좀 지나치신 것 같아요. 이쿠토는 도키히코 파티시에가 불같은 성질이기는 해도 정말 멋진 사람이고 진심으로 존경한다고 했어요. 그, 그리고 애초에 저처럼 촌스럽고 시시한 여자한테 다른 마음을 품는 사람이 어디 있겠어요!"

"하, 그게 무슨 말도 안 되는 소립니까! 파티시에는 젊고, 아름답고, 재능까지 있는 사람이에요. 매력의 결정체, 그 자체라고요!"

"네…?"

두근. 도카의 심장이 크게 울렸다.

"물론! 어디까지나 객관적으로 봤을 때 그렇다는 거지 제 취향은 아닙니다만."

"아… 그, 그렇죠. 알아요. 가타리베 씨는 밝고 발랄한 스타일을 좋아하시니까요."

'나같이 보기만 해도 우울해지는 여자가 아니라….'

"네, 맞습니다."

가타리베가 진지한 표정으로 대답했다.

'나도 알아. 가타리베 씨가 내 앞에서 항상 어른스럽고 냉정할 수 있는 건 내가 전혀 여자로 보이지 않기 때문이겠지…. 하지만 가타리베 씨, 저는요… 저는 가타리베 씨가….'

눈물이 차올랐다. 금방이라도 후드득 쏟아져 내릴 것 같아서 어서 방으로 돌아가야겠다고 생각한 순간이었다.

'어?'

무언가 타는 냄새가 숨에 섞여 들어왔다.

고개를 들어 보니 가타리베의 뒤쪽에서 연기가 피어오르고 있었다.

타는 냄새가 맞다!

"가타리베 씨, 연기! 연기요!"

그도 놀랐는지 눈이 크게 벌어졌다. 서둘러 집 안으로 뛰어 들어간 가타리베는 잠시 후 한 손에 냄비를 들고 어이가 없다는 얼굴로 다시 나타났다.

"그 냄비는…?"

"비프스튜를 끓이는 중이었는데 깜박했어요. 불을 줄이려고 하던 차에 건너편 베란다에서 도카 씨 기척이 나서 그만….'"

그는 방금 자신이 도카를 파티시에가 아니라 '도카 씨'라고 불렀다는 사실을 알고 있을까?

가타리베는 항상 차분하고 지금처럼 실수를 저질러도 황당해할지언정 침착함은 잃지 않는 남자였다.

다만 그 말은 깜박하고 실수를 저지를 만큼 도카를 신경 쓰고 있었다는 말이기도 했다. 도카의 심장이 다시 빠르게 뛰기 시작했다.

가타리베가 탄 냄비를 손에 들고 도카를 가만히 바라보자, 그녀의 뺨에도 불에 덴 것처럼 열이 올랐다.

미간에 가는 실금을 그린 가타리베가 자신이 한심하다는 듯 말했다.

"아무래도 제가 도카 씨를 너무 과잉보호하고 있는 것 같네요. 간섭이 지나치다고 생각하셨을 수도 있겠어요. 하지만 그냥 있을 수가 없었습니다."

그가 자조 섞인 웃음을 흘렸다.

평소와는 달리 어딘지 자신감을 잃은 듯한 눈빛으로 걱정스럽다는 듯 도카를 바라보며 나직한 목소리로 말을 건넸다.

"용서해 주시겠어요?"

무엇을 용서해 달라는 걸까?

도키히코의 일로 도카를 집요하게 몰아붙인 일?

그 일로 길게 설교를 늘어놓은 일을 사과하는 걸까?

과잉보호하듯 지나치게 간섭해서 미안하다는 말일까?

그게 아니면….

용서를 구하는 가타리베의 표정이 너무나 쓸쓸해 보여서 도카는 저도 모르게 베란다 밖으로 몸을 내밀고 그에게 손을 뻗었다.

왜 그런 행동을 했는지 설명할 수는 없었다.

말로는 표현할 수 없어서 참다못한 마음이 멋대로 움직여 버린 듯했다.

가타리베도 도카를 향해 손을 뻗었다.

두 사람의 손끝이 하나로 이어지려던 순간이었다.

"언니! 타는 냄새 안 나?"

무기가 벌컥 방문을 열고 들어오며 외쳤다.

화들짝 놀란 두 사람은 황급히 손을 거뒀다.

"어머나! 가타리베 씨, 그 냄비 어쩌다가 그러셨어요?"

"아, 파티시에와 회의하다가 그만, 조금 탔습니다."

"조금이 아닌데요."

쾅쾅! 이번에는 누군가 가게 문을 두드리는 소리가 요란하게 울렸다.

"도카 누나! 문 좀 열어 주세요! 저예요! 누나! 도카 누나!"

이쿠토의 목소리였다.

밤중에 난데없이 소란이 벌어졌다.

"파티시에의 이름을 저렇게 함부로 부르다니."

가타리베가 쯧, 하고 혀를 차고는 집 안으로 사라졌고, 도카와 무기도 서둘러 1층 가게로 내려갔다.

"도카 누나! 누나! 도카 누나!"

울음 섞인 목소리로 도카를 부르던 이쿠토의 외침은 가타리베가 그의 양팔 밑으로 팔을 넣어 들어 올려서 가게 문에서 떼어 놓을 때까지 계속됐다.

도카가 가게 안에서 문을 열어 주자 가타리베에게 붙잡혀 힘없이 다리를 늘어뜨리고 있던 이쿠토가 그렁해진 눈으로 그녀를 바라봤다. 자기를 버리지 말라고 애원하는 강아지 같은 얼굴로.

"누나, 저 해고하실 거예요? 도키히코 형이 집에 와서 내일부터 출근하지 않아도 된다고 했어요."

"아, 그, 그건."

아무래도 마음이 약한 도카가 이쿠토를 해고하지 못할 거라고 판단한 도키히코가 직접 말한 모양이었다.

곧이어 당사자인 도키히코도 숨을 헐떡이며 나타났다.

이쿠토의 뒤를 쫓아온 듯했다.

"이봐, 그 손 놓지 못 해!"

도키히코는 가타리베에게 잡혀 있는 이쿠토를 보자마자 어깨를 밀쳐 그를 내려놓게 했다. 그래 놓고는 바로 이쿠토에게 버럭 소리를 질렀다.

"이쿠토! 이게 무슨 짓이야! 더 이상 미타무라 파티시에에게 폐를 끼치면 안 돼! 파티시에가 이제 가게에 안 나와도 된다고 하셨다니까. 그렇죠? 파티시에."

"네? 아, 그게…."

"봐. 파티시에가 곤란해하시잖아! 어서 돌아가자!"

"싫어! 싫다고! 도카 누나, 전 그만두기 싫어요! 집으로 돌아가지 않을 거예요. 무기! 너도 내가 가게에 와 줘서 도움이 됐다고 했잖아!"

"도움은 네가 무슨 도움이 돼!"

대답은 무기가 아니라 도키히코의 입에서 튀어나왔다.

"고등학교도 중퇴한 미성년자에, 경력도 없는 네가 할 수 있는 일이면 너 말고 다른 사람도 얼마든지 할 수 있어! 그리고 이 가게에서 가출 청소년을 고용했다고 누가 신고라도 하면 가게 이미지가 어떻게 될지 생각해 봤어?"

계속 고성이 오가자 가타리베가 조용히 둘 사이에 끼어들었다.

"한밤중에 가게 앞에서 소란을 피우는 일이 이웃에게 더 민폐고, 가게 이미지를 깎아내리는 일입니다만."

평온한 얼굴에서 품어져 나오는 무거운 압박감에 두 사람이 입을 다물자, 가타리베가 가게 안쪽을 가리켰다.

"이야기는 안으로 들어가셔서 하시죠."

안으로 들어와 두 사람을 홀 테이블로 안내한 가타리베는 사무적으로 말하고는 긴 다리를 우아하게 움직여 주방 안쪽으로 사라졌다.

"차를 내어 오겠습니다. 편하게 말씀 나누세요."

입을 꾹 다문 도키히코와 맞은편에 앉아 훌쩍이는 이쿠토. 도카와 무기는 테이블 옆에 선 채로 조용히 두 사람을 지켜봤다.

먼저 입을 연 사람은 이쿠토였다.

"중간고사를 보고 허무해져서 마음속이 텅 비어 버린 것 같았어. 학교에서는 뭘 해도 설레지 않아서 정말 이렇게 살아도 괜찮은 건지 고민하고 있었는데, 그때 형이 우리 집에 와서 토르슈 오 마롱을 만들어 줬잖아. 가게 스페셜 메뉴로 내놓을 거라면서, 처음으로 맛볼 기회를 주겠다고 했잖아."

이쿠토네 집 주방은 넓고 모든 시설이 갖춰져 있었다. 이쿠토가 나중에 가게 식구들에게 들려준 말에 따르면 그의 집에는 식사를 준비해 주는 주방 도우미분들이 계시는데, 도키히코가 그중 가장 오래 일한 마루코 씨가 만든 간식과 디저트를 특히 좋아해서 어릴 때부터 간식을 먹으러 자주 놀러 오곤 했단다. 그러다 고등학생이 되자 도키히코는 넓은 주방을 차지하고 자기가 직접 과자를 만들기 시작했다. 이쿠토는 그런 형의 모습을 옆에서 지켜보는 일이 즐거웠고, 완성된 과자를 같이 먹을 때마다 가슴이 두근두근 뛰었다고 했다.

"처음에는 탄 쿠키를 먹기도 했어요. 카스텔라는 찌그러지고, 식감이 꺼끌꺼끌한 무스를 먹은 적도 있다니까요."

"하지만 그래도 즐거웠어요."

"내가 맛있다고 하면 형이 기뻐하면서 다음에는 더 특별한 디저트를 만들어 주겠다고 큰소리쳤는데, 그 모습이 정말이지 멋있었거든요."

"형이 내 앞에서 만들어 준 토르슈 오 마롱 말이야. 형이 손을 움직일 때마다 재료가 하나씩 하나씩 올려지고, 마지막으로 손을 위로 쭉 올려서 높이 들고 마롱 크림을 뿌렸잖아. 그 순간 숨이 막힐 정도로 멋있었어! 심장이 터질 것처럼 두근거렸단 말이야. 이름도 몽블랑이 아니라 '토르슈 오 마롱'이라고, 밤으로 만든 횃불이라는 의미라고 가르쳐 줬잖아."

"이거 봐, 이쿠토. 나는 이 데세르로 반드시 최고의 자리에 올라설 거라고!"

"이 메뉴가 성공하면 앞으로는 몽블랑이 아니라 '토르슈 오 마롱'이란 이름이 더 유명해질 거야. 내가 만든 데세르가 세상의 상식을 바꾸는 거지!"

"쿵쾅쿵쾅 뛰는 가슴이 멈추지 않았어! 스톤 서클처럼 빙 두른 머랭도, 가운데에 횃불처럼 높게 솟아 있는 마롱 크림도 너무 멋졌어. 맛은 또 어땠고! 입에 넣는 순간 럼주와 밤 향이 화악! 퍼지고 진한 마롱 크림은 말도 안 되게 부드러웠단 말이야! 바삭하게 부서지는 머랭은 말할 것도 없고, 마롱 크림 속에서 럼주가 밴 굵은 밤이 나올 때마다 보물이라도 발견한 기분이었어!"

이쿠토의 목소리가 점점 뜨거워지고 횃불을 비춘 것처럼 그의 표정이 환하게 밝아졌다.

그를 바라보던 도키히코의 얼굴도 일순 부드럽게 누그러지나 싶었지만, 금세 다시 울상이 되었다가 고통스럽게 일그러졌다. 지켜보는 도카의 마음도 조마조마했다.

이쿠토가 도키히코 쪽으로 몸을 당겨 필사적인 눈빛으로 애원했다.

"그때 나도 누군가의 가슴을 설레게 하는 걸 만들고 싶다고 생각했어. 그래서 파티시에가 되기로 결심한 거야. 형의 토르슈 오 마롱이 나한테 등불이 되어 줬단 말이야!"

도키히코는 괴롭다는 듯 눈을 감고 고통에 찬 목소리로 외쳤다.

"그게 문제야! 너는 옛날부터 뭐든 날 따라 했잖아. 그 머리도, 옷도, 학교를 때려치운 것도, 파티시에가 되겠다는 것까지! 전부!

넌 내 흉내를 내는 것뿐이야! 그만 좀 해. 나 같은 놈 따라 해 봤자 나처럼 망하기만 할 거라고."

도키히코의 말이 너무나도 안타깝게 들려서 망설이던 도카가 조심스럽게 말을 보탰다.

"이쿠토, 도키히코 파티시에는 걱정돼서 그러시는 거야. 오를 로쥬가 휴업하는 바람에 네 독립을 도와줄 수 없게 됐으니까…. 넌 아직 열여섯 살이니까 적어도 고등학교는 졸업하는 게 좋겠다고 생각하시는 거야."

이쿠토가 눈물이 그렁해진 눈으로 도카를 바라봤다.

"누나는요? 누나도 형이랑 같은 생각이에요? 제가 가게를 그만두고 내년에 다시 고등학교 시험을 보는 게 좋을까요? 그렇게 하면 형도, 저희 부모님도 마음을 놓으시겠죠. 누나도 그래요? 제가 없어도 괜찮아요? 경력 많은 다른 파티시에를 구하실 건가요?"

"그건…."

솔직히 도카는 이쿠토와 같이 일하고 싶었다.

하지만 그의 미래를 뒤흔들 수도 있는 말을 쉽게 내뱉을 수는 없었다.

"이쿠토는 해고하지 않을 겁니다."

그 순간 옆에서 차분한 목소리가 나직하게 울렸다.

도자기로 만든 찻주전자와 찻잔이 놓인 은색 쟁반을 든 가타리베가 어느샌가 도카의 옆에 서 있었다.

"이쿠토는 저희 가게에서 훌륭하게 제 몫을 다하고 있습니다. 앞으로 파티시에로 한 단계씩 성장해서 이곳에 없어서는 안 될 든든한 존재가 될 겁니다. 그 증거를 보여 드리죠."

가타리베가 이쿠토를 보고 부드럽게 미소 지었다.

"이쿠토 군, 도키히코 파티시에에게 직접 만든 토르슈 오 마롱을 대접해 드리면 어떨까요? 이쿠토 군이 만들고 싶은 대로 만들어 보세요."

☾ ◑ ○

'뭐야, 가타리베라는 이 남자, 도대체 무슨 꿍꿍이지?'

도키히코는 잔뜩 미간을 좁힌 채 가타리베가 내어 준 홍차를 마셨다. 잔을 비우자 평상복 셔츠 위에 검은색 앞치마를 두른 가타리베가 기다렸다는 듯 바로 다시 잔을 채워 주었다. 어느새 앞머리까지 손으로 쓸어 넘겨 깔끔하게 정리한 모습이었다.

홍차는 벌꿀 향이 느껴지고 은은하게 단맛이 돌았다. 마음을 진정시켜 주는 향과 맛이다.

덕분에 들끓던 마음은 조금 가라앉았지만, 그렇다고 느긋하게 앉아서 차나 즐길 상황도 아니었다.

'아무것도 모르는 애한테 데세르를 혼자 만들라고 하다니, 제정신이야? 게다가 뭐? 토르슈 오 마롱? 내 스페셜 메뉴를 이쿠토가

똑같이 만들 수 있다는 거야? 그럴 리가 없잖아. 이쿠토한테는 아직 무리라고.'

도키히코는 옆 테이블에 앉아 있는 '달과 나'의 파티시에와 그녀의 동생을 흘끗 바라보았다. 둘 다 얼굴에 걱정이 가득했다.

화장기 없는 얼굴에 안경을 꼈어도 여전히 아름다운 파티시에가 돕겠다고 나섰지만, 가타리베라는 남자가 그녀를 붙잡았다. "아니요. 파티시에도 여기서 기다려 주세요. 이쿠토가 처음부터 끝까지 혼자 완성하지 않으면 의미가 없습니다."라는 말에 그녀는 마지못해 "네…."라고 대답하고 자리에 앉았다.

자신을 스토리텔러라고 소개한 남자는 이곳의 방데르Vendeur(판매 점원)인 듯했다. 젊고 연약한 파티시에 대신 앞에 나서서 가게 운영을 책임지고 있는 모양인지 파티시에도 그의 말에 순순히 따랐다.

'이쿠토는 왜 꼭 저런 수상한 남자가 있는 곳에 일하겠다는 거야? 여기는 역에서도 멀고 완전히 주택가 한가운데잖아. 규모도 롯폰기에 있는 내 가게와는 비교도 안 되게 작고.'

하지만 벽 쪽 선반에 진열된 초승달 쿠키나 반달 마들렌, 보름달 다쿠아즈Dacquoise 같은 구움과자는 하나같이 귀여워서 보고만 있어도 기분이 말랑말랑해질 것 같았다. 그다지 넓지 않은 테이블 공간도 의자와 테이블을 효율적으로 배치해서 손님이 편안하게 차와 케이크를 즐길 수 있도록 꾸며져 있었다.

'이쿠토는 이 가게에서 어떤 시간을 보냈을까?'

도키히코가 그런 생각을 하는 동안 이쿠토는 유리 벽 너머 안쪽 주방에서 그를 위한 토르슈 오 마롱을 만들고 있었다.

소매를 걷어 올리고 평상복 위에 하얀 레이스가 달린 앞치마를 두른 모습으로. 처음에는 표정이 딱딱하게 굳어 있었지만, 어느새 입가에 옅은 미소가 걸리고 눈도 부드럽게 빛나기 시작했다.

즐거워 보였다.

잠시 후 데세르를 완성했는지 이쿠토가 입을 크게 벌리고 활짝 웃었다.

그가 하얀 접시에 담긴 토르슈 오 마롱을 두 손으로 조심히 들고 주방에서 나왔다.

도키히코는 황급히 고개를 돌렸다. 입을 꾹 다물고 화난 표정으로 앉아 있는 그의 앞에 이쿠토가 접시를 살며시 내려놓았다.

"오래 기다리셨습니다. 토르슈 오 마롱입니다."

슬쩍 고개를 돌린 도키히코는 눈을 홉떴다.

예상했던 모습과 전혀 달랐다.

분명 자신의 스페셜 메뉴를 흉내 낸 어설픈 데세르일 거로 생각했다.

하지만 접시 위에는 머랭으로 만든 원도, 가운데에 높게 쌓아 올린 마롱 크림 다발도 없었다.

대신 세로로 긴 꽃봉오리 모양의 쁘띠 가토^{Petit gâteau}(1인용 미니 케이크)가 놓여 있었다. 넓고 납작하게 짠 마롱 크림이 닫혀 있는 꽃잎처럼 겉을 감싸고 있었다.

새하얀 접시 위에 오렌지색 콩피튀르가 흩날리는 불티처럼 군데군데 뿌려져 있고, 한쪽 구석에 마롱글라세Marron Glace(밤을 설탕에 절인 과자)가 곁들여져 있었다.

"크흠… 재료는 도카 누나, 아니, 미타무라 파티시에가 만들어 둔 재료를 사용해서 제 나름대로 꾸며 보았습니다. 그날 남은 재료들은 연습할 때 써도 된다고 허락하셨거든요. 밑바탕으로 쓴 머랭은 2층 구조로 만들었고 위쪽은 살짝 깨트려서 사용했습니다. 식감이 재미있어질 것 같았거든요."

잠시 말을 끊은 이쿠토가 이어서 설명했다.

"샹티 속에는 살구 쥘레를 넣어서 불타고 있는 횃불을 표현해 보았습니다. 샹티를 마롱 크림으로 감싸고 끝 쪽은 횃불처럼 살짝 뾰족하게 만들었고요. 살구 콩피튀르는 흩날리는 불꽃입니다. 마롱 크림과 함께 드시면 색다른 맛을 느끼실 수 있죠. 마지막에는 럼주에 담근 마롱글라세 한 알을 통째로 드셔 보세요. 진하고 향긋한 가을의 데세르를 완벽하게 즐기실 수 있을 겁니다."

이쿠토가 쑥스럽다는 듯 얼굴을 붉히며 설명을 마쳤다.

아직 충격에서 벗어나지 못한 도키히코가 그 상태로 포크를 들어 납작하게 발린 마롱 크림과 안쪽에 있는 샹티를 동시에 떠 올렸다.

새하얀 샹티 속에서 오렌지색 살구 쥴레가 따뜻한 불꽃처럼 모습을 드러냈다. 도키히코는 두 재료가 만들어 낸 대비 효과에 놀라 잠시 멈칫했다가 표정을 갈무리하고, 마롱 크림과 샹티를 자연스럽게 입안에 넣었다.

고급스러운 밤 향이 입안에 퍼지면서 무가당 샹티가 혀 위에서 녹아내렸다.

재료는 미타무라 파티시에가 만들어 둔 것이라고 했으니 이 마롱 크림의 우아한 맛은 그녀의 실력이라는 뜻이었다.

반면 샹티는 살짝 단단하고 혀에 닿는 질감이 조금 거슬리는 것으로 보아 아마도 이쿠토가 거품을 낸 모양이다.

도키히코는 다음으로 살구 쥴레를 함께 떠서 다시 입으로 가져갔다.

조화가 나쁘지 않았다.

쥴레의 농도를 조금만 더 높이면 완벽했으리라.

포크를 조금 더 깊숙이 찔러 넣자, 부서진 머랭 층에 포크 끝이 탁 걸렸다. 도키히코는 살짝 깨트린 머랭을 샹티와 마롱 크림에 감싸 다시 입에 넣었다.

바삭바삭하게 씹히는 식감이 흥미로웠다.

바닥에 간 두 번째 머랭은 초콜릿으로 코팅하면 완성도를 더 높일 수 있을 듯했다.

그는 마지막으로 럼주에 담근 마롱글라세를 포크로 콕, 찍어 들었다.

'아아… 이것도 미타무라 파티시에의 솜씨로군. 밤의 단맛과 부드러움의 정도가 완벽해. 얇은 설탕 막이 가볍게 깨지면서 은은하게 배어 나오는 럼주 향에서도 품격이 느껴져. 기분 좋은 여운을 주는 맛이야.'

도키히코는 마지막 한입을 삼키고 복잡한 기분으로 접시를 내려다봤다. 가타리베가 홍차를 한 잔 더 따라 주며 나직한 목소리로 이야기를 시작했다.

"이건 달이 들려준 이야기랍니다. 수습 파티시에로 일하던 한 소년이 있었습니다. 가게 영업이 끝나면 주방에 남아 매일 열심히 연습에 매진했죠. 일류 파티시에들의 레시피를 닥치는 대로 찾아보고 통째로 머릿속에 집어넣으면서 시행착오를 거듭했습니다. 그렇게 자신만의 레시피를 만들어 갔죠. 그 여정은 전혀 쉽지 않았습니다. 하지만 소년의 눈동자는 항상 밝고 또렷하게 빛났죠. 실력을 쌓아 가는 시간이 너무나도 즐겁고 행복했습니다."

가슴속에 스며드는 듯한 목소리의 울림이 조금 전 유리 벽 너머로 본 이쿠토의 표정을 떠올리게 했다.

진심으로 즐거워 보였다.

생각해 보면 도키히코가 그의 집 주방에서 케이크를 만들었을 때도 그랬다. 조금 전처럼 행복하고 즐거운 표정으로 자신을 바라보곤 했다.

"소년의 한결같은 열정과 미소에는 주변 사람들까지 따뜻하게 만드는 힘이 있었습니다. 달님도 그런 소년을 응원했죠. 달님은 마침내 소년이 자신만의 독창적인 레시피를 완성하고 훌륭한 파티시에가 될 거라고 믿었습니다."

옆 테이블에 있던 미타무라 파티시에와 그녀의 여동생이 천천히 고개를 끄덕였다.

도키히코는 당신은 어떻게 생각하느냐고 묻는 듯한 가타리베의 미소에 흠칫 놀라고 말았다.

그때 이쿠토의 외침이 들렸다.

"형! 나한테 세상에서 가장 맛있는 토르슈 오 마롱은 형이 만들어 준 그때의 케이크야. 나한테 이 케이크는 몽블랑도, 몬테 비앙코도, 마롱 케이크도 아니야. 평생 토르슈 오 마롱이야!"

'바보 같은 놈. 기어코 날 울리기라도 할 작정인 거야! 이런 데서 꼴사납게!'

도키히코가 가슴속에서 울컥 솟구치는 감정을 필사적으로 누르고 있는 동안 이쿠토가 계속 말을 이었다.

"그리고 언젠가 꼭, 세상에서 가장 맛있는 형의 토르슈 오 마롱을 뛰어넘는 스페셜 토르슈 오 마롱을 만들 거야! 밤하늘을 밝혀주는 큰 횃불 같은 토르슈 오 마롱 말이야! 나도 최고의 자리에 오를 거야."

이쿠토는 아무 생각 없이 도키히코를 따라 했던 것이 아니었다.

자신의 의지로 파티시에가 되는 길을 선택했고 정상에 서겠다는 꿈도 품었다.

'녀석, 다 컸네. 이제 내 도움은 필요 없겠어.'

"그렇게 되면 난 그 메뉴에 형 이름을 붙일 거야. 가르침을 받은 스승의 이름을 자기 가게 이름에 넣는 사람들도 있잖아. '무슈 누구누구'라는 식으로 말이야. 나도 '신 도키히코 스페셜 토르슈 오 마롱'이라고 이름 붙일 거야!"

"뭐! 무슨 말도 안 되는 소리야! 속편 영화제목도 아니고 '신 도키히코 스페셜'이라니! 그런 괴상한 이름이 어디 있어! 네 녀석 작명 센스는 정말 최악이야!"

이쿠토의 어이없는 말에 부끄러워진 도키히코는 저도 모르게 발끈해서 소리쳤다.

"착각하지 마. 네 녀석은 아직 멀었어! 미타무라 파티시에가 만든 마롱 크림 덕분에 그럭저럭 먹을 만했지만, 손봐야 할 부분이 한두 군데가 아니야. 뭐, 머랭을 조각낸 아이디어는 좋았지만…."

"정말? 앗싸!"

"좋아하기는 일러! 머랭도 파티시에가 만들어 둔 걸 깨트렸을 뿐이잖아. 미타무라 파티시에의 머랭이 훌륭했던 거야!"

"맞아. 나도 알아. 하지만 형이 칭찬해 주니까 기분이 좋은걸. 헤헤."

"웃지 마! 그리고 말이야! 내가 그렇게 쉽게 최고 자리를 내줄 것 같아! 웃기지 마! 앞으로도 영원히 내 케이크가 세계 최고야! 우주 최강이고, 내가 1등이라고!"

유치한 말로 어린아이처럼 억지를 부리는 사이에 도키히코는 몸이 점점 뜨거워지는 걸 느꼈다. 열이 오르고 에너지가 들끓기 시작했다. 부러진 오른팔도 순조롭게 회복 중이었다.

'감히 내 가게를 정체불명의 퓨전 디저트 가게로 만들겠다고! 어림없는 소리! 두고 보라고!! 반드시 오를로쥬를 부활시키고 말 테니까!'

도키히코가 재기를 다짐한 순간이었다.

☾ ◗ ○

성가시다는 듯이 밀쳐 내는 도키히코 옆에 이쿠토가 찰싹 달라붙어 장난을 쳤다. 그렇게 두 사람은 사이좋게 집으로 돌아갔다.

무기는 2층에 있는 집으로 먼저 올라갔고 가타리베와 도카만이 조용해진 가게에 남았다.

"정신없는 하루였네요."

가타리베의 부드러운 목소리가 정적을 깼다.

"네. 그래도 오늘 밤은 푹 잘 수 있겠어요. 이쿠토가 계속 나올 수 있게 돼서 정말 다행이에요. 가타리베 씨가 이쿠토를 해고하지 않을 거라고 하셔서 정말 기뻤어요."

도카는 가타리베가 모든 사실을 알게 되면 골치 아픈 문제가 생기기 전에 이쿠토를 해고할지도 모른다고 걱정했었다.

하지만 그는 이쿠토의 편에 서 주었다.

"아니에요. 또 주제넘게 참견하고 말았습니다. 파티시에가 이쿠토가 그만두지 않기를 바라는 것 같아서 저도 모르게 나서 버렸어요."

'나를 위해서…?'

가타리베는 다시 앞머리를 내린 모습이었다. 머리로 이마를 가린 가타리베는 평소의 빈틈없이 단정한 모습이 아니라 그저 젊고 사랑이 넘치는 평범한 청년처럼 보인다. 가타리베가 발그레하게 뺨을 물들인 도카를 지그시 바라봤다. 세상에서 가장 소중하고 귀한 것을 바라보는 사람처럼 다정하게 눈을 맞추고 부드럽게 속삭였다.

"저는 파티시에의 스토리텔러니까요."

깜박한 물건을 가지러 왔다가 또 의도치 않게 두 사람의 대화를 들어 버린 무기는 오늘도 조용히 몸을 돌려 발소리를 죽이고 다시 2층으로 올라가야 했다.

그리고 다음 날.

"계속 일할 수 있게 돼서 너무 행복해! 부모님도 하고 싶은 만큼 마음껏 해 보라고 허락해 주셨어!"

신이 난 이쿠토가 가게 선반에 구움과자를 정리하면서 목소리를 높여 재잘거렸다. 무기는 그런 이쿠토를 흘끗 보고는 심드렁하게 말했다.

"언니한테 반하지 않는 한 너는 우리 가게에서 계속 일할 수 있을 거야."

그 말에 이쿠토가 무기를 보고 싱긋 웃었다.

"그건 걱정하지 마. 나는 도카 누나가 아니라 너 같은 스타일을 좋아하거든."

무기의 눈이 동그랗게 벌어졌다.

"이쿠토는 도카 씨가 아니라 다른 사람에게 관심이 있는 것 같던데요."

가타리베가 말한 '다른 사람'은 당연히 도키히코일 거라고 짐작했었다.

'뭐? 나? 나라고?'

그런 말을 던져 놓고도 태연한 이쿠토가 이어서 더 큰 폭탄을 던졌다.

"그리고 도카 누나는 여신이니까 도키히코 형이랑 잘됐으면 좋겠어. 형이 도카 누나를 보고 정말 예쁘다고, 몇 살이냐, 결혼은 했냐, 꼬치꼬치 물었거든. 연예인이랑 사귀면 사소한 일 하나하나까지 다 인터넷에 까발려지고 욕을 먹어서 이제 질렸다고 투덜거리기도 했고. 형한테는 도카 누나처럼 조용하고 온화한 사람이 딱이라니까!"

"그, 글쎄?"

그 순간 등 뒤에서 오싹한 냉기가 뻗쳐 왔다. 돌아보니 지그시 입꼬리를 올린 가타리베가 서 있었다.

"역시 잘라 버려야 했어."

나직이 중얼거리는 그의 목소리에 또 애꿎은 무기만 식은땀을 흘려야 했다.

커피시럽이 촉촉하게 스며든
오묘한 맛의 조콩드 정통
'가토 오페라'

"그래서 도키히코 형을 보증인으로 세우고 월세방을 구했어. 할아버지 소유의 아파트를 써도 된다고 하셨는데 그건 좀 아닌 것 같아서…. 가게랑 우리 집 중간쯤에 있는 빌란데, 지은 지 50년 된 원룸이야. 욕조는 없지만 월세가 한 달에 3만 엔이라니까! 레이지가 찾아보면 저렴한 월세방이 있다고 하더니 정말이더라. 무기, 레이지한테 고맙다고 전해 줘."

이쿠토가 '달과 나'에서 일한 지도 벌써 한 달이 넘었다.

일도 잘하고 애교도 넘치는 이쿠토는 그사이 손님들은 물론, 파트타임 직원들의 사랑까지 한 몸에 받는 가게 마스코트가 됐다.

그는 타고난 붙임성으로 누구에게나 거리낌 없이 다가갔고 금세 친해졌다.

'네가 고마워한다는 말을 들으면 레이지는 똥 씹은 얼굴이 될

걸. 이쿠토, 레이지는 네가 생각하는 것만큼 좋은 사람이 아니란다. 너는 내가 좋아하는 스타일이라고 했지만, 가만 보면 넌 모든 지구인을 좋아하는 것 같아.'

그중에서도 요즘 이쿠토가 가장 관심 있게 지켜보는 사람은 단골손님인 '오페라 아저씨'였다. 얼마 전부터 가게에 자주 오는 오페라 아저씨는 신사 같은 깔끔한 옷차림에 말투도 점잖은 남자 손님이다. 눈빛이 다정했고 풍성한 백발로 미루어 보아 나이는 일흔 살쯤 되어 보였다.

그는 항상 테이블 자리에 앉아서 느긋하게 차와 케이크를 즐기고 돌아가곤 했다.

쇼케이스에 가토 오페라Gâteau opéra가 진열된 날이면 크게 기뻐하며 어김없이 주문했기 때문에 직원들 사이에서 '오페라 아저씨'로 통하게 됐다.

그는 여러 방면에 박식했고 케이크에 관한 지식도 풍부했다.

"가토 오페라는 파리의 제과 회사 '달로와요'가 20세기 중반에 유행시켰다고 들었는데, 이곳의 가토 오페라도 달로와요의 제품과 똑같이 2센티미터 높이로 일곱 개 층을 쌓았군요. 모카 버터크림과 초콜릿 가나슈Ganache, 비스퀴 조콩드를 얇고 단순한 형태로 쌓았을 뿐이지만 그 안에 중후한 맛이 응축되어 있죠. 쌉쌀한 커피시럽에 적신 촉촉한 조콩드가 특히 일품이에요. 희미하게 풍기는 럼주 향도 아주 그만이랍니다."

종종 귓속을 파고드는 부드러운 목소리로 편안하게 케이크 이야기를 들려주기도 했다.

"무엇보다 목소리가 너무 멋지지 않아? 사근사근 부드러워서 귓속으로 흘러들어오는 것 같아. 목소리 톤이 낮은 편이신데도 또렷하게 들린다니까."

"후미요 씨 말이 맞아요. 저도 지난번에 홀에 상품 진열하러 나갔다가 오페라 아저씨가 가타리베 씨하고 뭔가 어려운 얘기를 하는 걸 들었는데, 내용은 몰라도 옆에서 계속 듣고 싶더라고요. 주방으로 돌아가고 싶지 않았다니까요."

"어머, 네네 씨도 그랬어? 맞아, 맞아. 가타리베 씨 목소리도 나직하게 울리는 저음이라 멋지잖아. 두 사람이 이야기하고 있으면 괜히 홀에 나가고 싶어서 엉덩이가 들썩들썩한다니까."

오페라 아저씨 이야기가 나오면 4, 50대 파트타임 직원들도 여고생으로 돌아간 것처럼 들떠서 목소리가 상기되곤 했다. 그사이에 열여섯 살 소년, 이쿠토까지 가세해서 그를 둘러싼 상상의 나래를 펼치곤 했다.

"오페라 아저씨는 혹시 연극배우가 아닐까요? 아니면 성우? 대학 교수나 컨설턴트처럼 연단에 서서 마이크를 잡고 말하는 직업도 잘 어울리실 것 같아요!"

"오페라 아저씨가 하는 강연이라면, 저는 꼭 갈 거예요."

네네가 선언하자 다른 파트타임 직원들도 이에 질세라 "나도, 나도"를 외쳤다.

아무튼 이 멋진 오페라 아저씨는 요즘 '달과 나'의 최고 인기인이었다.

그리고 오늘, 이쿠토가 오페라 아저씨에 관한 새로운 정보를 입수했다며 출근하자마자 눈을 초롱초롱 빛냈다.

"어제 일 마치고 과일 케이크 연습할 때 쓸 와인을 사려고 역 앞에 있는 수입 재료상에 갔거든. 마음에 드는 와인을 찾았는데 너무 비싸더라고. 와! 가격표 보고 눈이 튀어나올 뻔했다니까."

"헐! 55,000엔? 무슨 와인이 이렇게 비싸! 내 한 달 월세보다 비싸잖아! 안 되겠다. 그냥 로마네 콩티Romanée-Conti로 해야지 뭐. 여기요! 로마네 콩티 한 병 주세요."

"이봐, 학생. 우리 가게에는 로마네 콩티가 있지도 않지만, 값이 얼만 줄은 알아? 한 병에 수백만 엔은 족히 해! 게다가 학생, 혹시 중학생 아니야? 미성년자한테는 술 안 팔아."

이쿠토네 집 지하실에 있는 와인 저장고에는 늘 와인이 쌓여 있었고, 할아버지가 해외에서는 와인을 물처럼 마신다고 하시면서 가끔 맛보게 해 주셔서 그렇게 비싼 줄은 몰랐단다. 무기는 태연하게 웃는 이쿠토를 보면서 그가 금수저 재벌가 도련님이라는 사실을 새삼 실감했다.

오페라 아저씨가 구세주처럼 등장한 건 이쿠토가 와인을 사지 못해서 난처해하고 있던 그때였다.

"오페라 아저씨는 술에 관해서도 모르는 게 없으시더라. 과일 케이크에 어울리는 천 엔대 와인을 골라 주시고 대신 계산도 해 주셨어. 가게를 나와서 중간까지 같이 걸어갔거든. 그때 이것저것 물어봤지."

오페라 아저씨의 본명은 아야쓰지였고, 은퇴한 후에 살던 집을 처분하고 지금은 역 앞에 있는 오래된 호텔에서 혼자 느긋하게 지내고 있다고 했다.

"내가 실수로 '오페라 아저씨'라고 불렀는데도 전혀 언짢아하시지 않고 멋진 별명이라면서 웃으셨어. 실제로도 오페라를 좋아하셔서 호텔에서 자주 들으신대."

"와, 저한테도 추천해 주실 만한 오페라가 있을까요?"

"제 취향으로 추천해도 괜찮다면 '사랑의 묘약'은 어떨까요? 명곡도 많고 내용도 희극이라 재미있거든요. 마을에 나타난 가짜 약장수 둘카마라가 싸구려 보르도 와인의 라벨을 바꿔치기해서 사람의 묘약이라고 속이고 순박한 청년 네모리노에게 팔아요. 약장수 말에 속아넘어간 네모리노가 와인을 마시고 취해서 들뜬 나머지 짝사랑하던 아름다운 여인 아디나의 사랑을 쟁취하려고 하면서 벌어지는 이야기랍니다."

"오, 재미있을 것 같아요! 인터넷으로 찾아볼게요."

오페라 아저씨는 동영상을 추천해 주면서 네모리노의 아리아 '남몰래 흘리는 눈물'도 좋지만, 둘카마라가 등장하는 장면에서 나오는 '시골 양반들, 내 말 좀 들어 봐요'라는 곡도 꼭 들어 보라고 했단다. 마을 사람들에게 가짜 약을 파는 뻔뻔한 사기꾼의 모습을 유쾌하게 표현한 곡이라고 하면서 흥이 나셨는지 직접 한 소절 불러 주기도 하셨고.

"오페라 아저씨가 'Compratela, Compratela(사세요, 사세요)'하고 그 아리아를 불러 주셨는데, 작은 목소리로 짧게 불렀는데도 정말 깜짝 놀랄 정도로 잘 부르시는 거야. 완전 멋있었다니까!"

이쿠토는 빨갛게 상기된 뺨으로 활짝 웃으며 아야쓰지의 가성이 얼마나 훌륭했는지 열심히 찬사를 늘어놓았다. 그러다 갑자기 눈을 예리하게 빛냈다.

"그래서 말인데, 나, 아야쓰지 씨의 정체를 알 것 같아."

아야쓰지는 오늘도 홀 테이블이 비교적 한가한 시간인 오전 11시쯤에 도착할 수 있도록 시간 맞춰 단골 파티세리로 슬슬 발걸음을 옮겼다.

역 앞에 있는 호텔을 나와 산책도 할 겸 주택가 골목을 천천히 걸었다. 이곳 주변은 아직도 푸른 잎이 달린 나무들이 많았다. 한적하고 조용해서 걷다 보면 마음이 편안해졌다.

그리고 무엇보다 '달과 나'라는 케이크 가게가 있다는 점이 마음에 든다.

둥근 보름달 속에 파란색 글자로 이름을 새겨 넣은 명패가 걸린 양과자점. '달과 나'의 유리문을 열고 들어가면 언제나 버터와 태운 설탕, 리큐어의 달콤한 향이 스르륵 몸을 감쌌다.

"어서 오세요. 스토리텔러가 있는 양과자점입니다."

나직한 목소리가 울리고 검은색 연미복을 걸친 훤칠한 남자 직원이 정중하게 허리를 숙였다.

그는 '달과 나'의 스토리텔러다.

'가타리베'라는 이름이 본명이라고 들었을 때 아야쓰지는 이보다 더 그에게 딱 맞는 이름은 없을 거라고 감탄했다.

"먹고 가려고 합니다만."

아야쓰지의 말에 그가 다시 정중하게, 거기에 친근함을 얹어 대답했다.

"이쪽으로 앉으시죠. 오늘은 반달 케이크로 가토 오페라를 준비했습니다만, 어떠신가요?"

아야쓰지가 저도 모르게 빙그레 웃으며 "좋습니다. 그걸로 하죠."라고 대답하자 가타리베도 화답했다.

"알겠습니다. 음료는 저희가 케이크에 맞춰 준비해 드려도 괜찮으실까요? 저희 직원이 아야쓰지 님께 신세를 졌다고 들었습니다. 손님께서 들르시면 꼭 보답하고 싶다고 부탁하더군요."

"신세는 무슨, 당치도 않습니다. 저야말로 앞날에 대한 의욕이 넘치는 청년과 이야기를 나눌 수 있어서 젊어진 기분이었는걸요."

"곧 본인도 인사하러 올 겁니다. 잠시만 자리에서 기다려 주십시오."

주문을 받은 가타리베가 카운터 안쪽 유리 벽 너머에 있는 주방으로 들어갔다.

주방에서는 아침 이슬을 머금은 순백의 꽃처럼 아름다운 파티시에가 생기 넘치는 모습으로 독창적인 과자를 만드는 중이었다. 옆에서 그녀를 돕는 금발 머리 수습 파티시에는 천진난만한 표정이 꼭 아기 천사 같은 소년이다. 가타리베가 그에게 다가가 말을 건네자 그가 번쩍 고개를 들어 살피더니 테이블에 앉아 있는 아야쓰지를 발견했다.

활짝 웃으며 두 손을 흔들어 인사하는 소년의 행동에 저절로 미소가 지어졌다. 아야쓰지도 웃으며 살짝 고개 숙였다.

잠시 후 가타리베가 가토 오페라를 올린 은색 쟁반을 들고 테이블로 돌아왔다.

우아한 동작으로 테이블 위에 냅킨과 나이프를 놓고, 반달 모양으로 만든 가토 오페라 접시를 둥근 부분이 가까이 오도록 놓아 주었다.

"손님께서 즐겨 드시는 반달 가토 오페라입니다. 쌉쌀한 커피 시럽으로 촉촉하게 적신 비스퀴 조콩드 위에 깊은 맛이 느껴지는 모카 버터크림과 입안에서 녹아 버리는 달콤한 초콜릿 가나슈를 각각 2센티미터 두께로 7층으로 쌓았습니다. 모든 재료가 혼연일체가 되어 중후하고 화려한 맛을 즐길 수 있는 케이크죠. 세로로 똑바로 잘라서 일곱 개 층을 한 번에 드셔 보세요."

낮게 울리는 달콤한 목소리로 물 흐르듯 자연스럽게 이어지는 설명은 몇 번을 들어도 아야쓰지의 가슴을 설레게 했다. 좋아하는 오페라 가수의 아리아는 수없이 반복해서 들어도 질리지 않는 것처럼.

반달 가토 오페라의 둥근 부분이 앞으로 오도록 놓아 준 센스도 화려한 오페라 무대를 생각나게 했다. 매끈한 초콜릿 가나슈 위에 반짝이는 금박을 올려 파리 오페라좌 지붕에 솟아 있는 아폴론 동상의 금빛 리라를 표현한 것 또한 달로와요에서 가토 오페라를 처음 선보였을 때부터 이어진 전통 그대로였다.

아야쓰지는 은색 나이프를 맨 위쪽 얇은 케이크 층에 대고 살짝 눌렀다. 굳이 힘을 들이지 않아도 아래까지 부드럽게 잘려 내려갔다. 그는 가타리베의 조언대로 일곱 개 층을 한 번에 떠서 욕심껏 사치를 부려 보았다.

'아아… 이곳의 가토 오페라는 역시 특별해.'

초콜릿의 단맛과 모카 버터크림의 감칠맛, 조콩드에 촉촉하게 스민 은은한 커피시럽의 쌉쌀함, 희미하게 풍기는 럼주 향까지… 층층이 쌓인 재료들이 하나로 녹아들며 어우러져 입안 전체로 서서히 퍼져 나갔다.

하아…. 편안해진 숨이 길게 새어 나왔다.

"오늘의 가토 오페라도 마리아주가 아주 훌륭합니다. 혀끝에서 뭉그러지는 촉촉한 조콩드의 식감도 완벽하네요."

가타리베가 싱긋 미소 지었다.

"조콩드는 같은 양의 아몬드 가루와 슈거 파우더를 섞어 반죽한 탕 푸르 탕Tant Pour Tant으로 만들죠. 조콩드라는 이름은 모나리자의 모델로 알려진 조콩드 부인의 이름에서 유래했다고 합니다. 모나리자의 미소처럼 우아하면서도 오묘한 맛을 내는 반죽이 되기를 바라는 마음을 담았는지도 모르겠네요."

그가 들려주는 이야기는 언제나 흥미롭고 마음속 깊이 스며드는 여운을 남긴다.

이곳에서 그가 다른 손님에게 들려주는 이야기에 귀를 기울이는 것 또한 아야쓰지가 누리는 즐거움의 하나였다.

가타리베가 상품에 관한 이야기를 시작하면 쇼케이스 안에 진열된 보름달 케이크 위크엔드와 반달 밀푀유, 초승달 에클레르는 물론, 벽 쪽 선반에 가지런히 놓인 달 모양 구움과자와 사탕도 부드러운 달빛을 걸치고 반짝반짝 빛을 냈다.

가게 구석구석, 어느 한 곳도 그의 이야기가 닿지 않는 곳이 없었다.

그래서 이곳은 예전에 아야쓰지가 있던 곳을 떠올리게 했다.

너무나도 그립고 편안했던 그곳.

조콩드에 스며든 커피시럽처럼 조금은 씁쓸한 기억으로 남아버린….

'이제 나는 더 이상 이야기를 하지 못하니 어쩔 수 없지.'

아야쓰지가 이제는 돌아갈 수 없는 과거의 기억에 젖어 있을 때, '달과 나'의 수습 파티시에인 금발 머리 소년이 해맑은 얼굴로 붉은 음료가 든 와인 잔을 은색 쟁반에 받쳐 들고 다가왔다.

"어서 오세요. 아야쓰지 씨. 어제 와인과 오페라에 관해서 가르쳐 주셔서 정말 감사했습니다. 이 와인은 제가 드리는 감사의 보답입니다."

열여섯 살이라는 소년의 이름은 이쿠토였다. 그가 눈부실 정도로 환하게 웃으며 아야쓰지 앞에 와인 잔을 내려놓았다.

옆에 있던 가타리베가 한마디 덧붙였다.

"음료 메뉴에 와인과 샴페인을 추가하려고 합니다. 드셔 보시고 의견을 말씀해 주시면 저희에게 큰 도움이 될 겁니다. '사랑의 묘약'에서 가짜 약장수 둘카마라가 사랑의 묘약이라고 속이고 네모리노에게 판 보르도 와인이에요!"

금세 평소 말투로 돌아와 버린 이쿠토가 작은 몸을 앞으로 쑥 내밀고 경쾌하게 외쳤다.

"그리고 저 알아 버렸어요. 아야쓰지 씨는 오페라 가수시죠?"

보석 같은 눈을 반짝반짝 빛내며 제 추측이 틀림없다는 듯 자신만만한 얼굴이다.

아야쓰지는 저도 모르게 피식 웃고 말았다.

"아닙니다. 저는 이제 일을 하지 않아요. 물론 오페라 가수도 아니었습니다."

"네? 아니세요? 어제 둘카마라의 아리아를 멋지게 불러 주셨잖아요. 그때 분명 오페라 가수라고 확신했는데…."

"멋지기는요. 프로 오페라 가수하고는 비교조차 할 수 없는 수준이죠. 저는 그저 오페라를 좋아하는 팬일 뿐이랍니다. 하지만 아주 틀리지는 않았네요. 저도 예전에는 무대에 섰답니다. 주인공이 아니라 행복한 조연으로 말이죠."

호기심이 발동한 이쿠토의 눈이 동그랗게 벌어졌다.

"네? 그게 무슨 말씀이세요?"

"글쎄요."

수수께끼 같은 말을 남긴 아야쓰지는 조용히 손을 뻗어 와인잔을 들었다.

먼저 색을 살폈다.

잔을 45도로 기울이고 눈을 가늘게 떠서 잔과 와인의 경계 부분을 지그시 응시했다.

"밤의 장막을 두른 듯한 검은빛이 도는 진한 루비색… 얼핏 자줏빛 같은 느낌도 있네요. 아직 어린 와인이군요."

다음으로 향을 확인했다. 먼저 와인 잔을 움직이지 않은 상태로 향을 맡고, 그다음 가볍게 스왈링Swirling(와인을 공기와 접촉시켜 맛과 향을 끌어내는 과정)했다. 와인잔을 반시계 방향으로 두 번 돌리고 잔을 얼굴 가까이에 댄 아야쓰지는 조용히 눈을 감았다.

"블랙커런트와 블랙체리… 잘 익은 붉은 과일의 농밀한 향이 나네요. 초콜릿을 뿌린 딸기를 생각나게 하는 향도 느껴집니다."

다시 눈을 뜬 그는 와인을 한 모금 머금었다.

"목 넘김은 실크처럼 부드러워요. 색은 진하고 첫맛이 순해서 마시기 편한 미디엄바디 와인이군요. 샤토 몽페라 루즈 2020년 빈티지… 이 해는 다른 해에 비해 적당히 균형 잡힌 맛의 와인이 만들어졌으니, 초콜릿과 궁합이 나쁘지 않겠습니다."

처음에는 놀라 입이 벌어졌던 이쿠토도 어느새 볼에 홍조를 띠고 눈을 초롱초롱 빛내며 아야쓰지의 이야기에 집중했다.

가타리베가 작게 웃었다.

"정확합니다. 테이스팅 솜씨가 그림처럼 완벽하시고 손에 익은 듯 익숙하시네요. 아야쓰지 님의 직업은 소믈리에시죠?"

스토리텔러는 이미 꿰뚫어 보았던 모양이다. 아야쓰지는 조금 은 멋쩍은 표정으로 사실을 인정했다.

"네, 지금은 은퇴했지만요."

"그렇구나! 그래서 와인에 관해 잘 아셨군요. 그런데 무대에 섰 다는 건 무슨 말씀이세요?"

"소믈리에라는 직업은 주인공인 손님들의 이야기를 무대 한쪽 에서 지켜보는 일이라고 생각하거든요. 지금까지 여러 곳에서 소 믈리에로서 일했습니다. 미슐랭 스타 레스토랑에서도 일했고 작 은 프랑스 식당이나 호텔 바에서 일한 적도 있죠. 어디든 오페라 무대처럼 흥미로운 이야기로 가득했답니다. 저는 조연으로서 주 인공들을 지켜보다가 필요할 때 마법을 거는 역할이죠."

"마법이요?"

"와인을 따라 드리면서 자연스럽게 말을 건네는 거예요. 그러 면 잔뜩 흐렸던 손님의 기분이 맑게 개기도 하고, 긴장했던 손님 이 안정을 되찾기도 하죠. 다투고 냉랭해진 커플이 화해하기도 한 답니다. 그들의 이야기가 조금 더 화려해지고 반짝이게 되죠. 마 법의 효과가 제대로 발휘되면 그렇게 뿌듯할 수가 없었어요. 손님 의 프러포즈가 성공하는 모습을 본 날에는 제가 더 행복해지곤 했 답니다."

좀처럼 결혼하자는 말을 꺼내지 못해서 머뭇거리던 청년이 상대의 손가락에 프러포즈 반지를 끼워 주고, 조금 전까지만 해도 뚱하게 있던 여자의 눈에는 기쁨의 눈물이 촉촉하게 맺혔다.

아야쓰지는 카운터 안쪽에서 그 모습을 지켜보던 순간에 느낀 벅찬 감동을 지금도 잊지 못했다. 나이를 먹어 은퇴한 그에게는 보물 같은 기억이었다.

"가짜 약장수 둘카마라는 싸구려 보르도 와인의 라벨을 바꿔치기해서 사랑의 묘약이라고 속여 팔았지만, 결과적으로 네모리노와 아디나의 사랑을 이루어 주었죠. 자신만만하고 당당하게 울려 퍼지는 둘카마라의 노랫소리가 평범한 와인을 사랑의 묘약으로 만들지 않았을까요?"

"아야쓰지 씨가 불렀던 둘카마라의 노래도 멋졌어요! 다시 듣고 싶어요! 노래하는 소믈리에로 복귀하시는 건 어때요?"

이쿠토의 말에 아야쓰지는 겸손하게 대답했다.

"안타깝지만 지금 제가 둘카마라가 되려고 한다면 그저 가짜 약장수가 될 뿐일 겁니다. 무대 위에서 쩔쩔매기만 하겠죠. 소믈리에란 직업은 생각보다 힘든 일이에요. 단순히 손님에게 와인을 추천하는 일 말고도 할 일이 아주 많죠. 일손이 부족하면 요리 장식을 도울 때도 있고 홀 직원을 겸해야 해서 웨이터 일도 해야 하죠. 종일 서 있어야 하고, 늦게까지 영업하는 바는 기본적으로 아침이 되어야 퇴근할 수 있답니다. 젊었을 때는 괜찮았지만 이제는 체력이 받쳐 주질 않아요."

늘 피곤했다.

피곤한 날이 많아질수록 손님의 잔에 와인을 따라 주며 이야기를 나누다가 대화가 끊어지는 날이 많아졌다.

더는 예전처럼 무대를 즐길 수 없었다.

손님에게 건넬 말이 좀처럼 떠오르지 않았다.

수백 번, 수천 번쯤 반복했던 인기 상품의 설명조차 갑자기 떠오르지 않아서 어떻게든 얼버무리려고 억지로 말을 짜낸 적도 있었다.

"이런 상태로는 제대로 마법을 걸 수 없죠. 안타깝게도 이제 저는 이야기를 엮어 내는 능력을 잃어버렸어요. 세월 앞에 장사 없다고 하지 않습니까. 벌써 일흔이나 먹은 노인이니까요."

하지만 제 인생을 서글픈 이야기로 만들고 싶지 않았던 아야쓰지는 일부러 밝은 목소리로 말을 이었다.

"그래서 깔끔하게 은퇴하고 지금은 느긋하게 여생을 보내는 중이랍니다. 새로운 꿈도 생겼어요."

"정말요? 뭔데요?"

이쿠토가 놓치지 않고 말꼬리를 잡았다.

아야쓰지는 대화의 흐름을 바꿔 보려다 화제를 잘못 전환했다는 생각에 속으로는 쓴웃음을 지었지만, 겉으로는 반쯤 농담 섞인 어조로 대답했다.

"아디나처럼 씩씩하고 아름다운 여성과 함께 오페라하우스를 돌아보는 거랍니다. 하하, 그런데 이것도 쉽지는 않네요. 피트니스 센터에서 알게 된 비슷한 또래 여자분인데 어찌나 철벽을 치는지, 다가가기가 어렵네요."

그녀를 보면 새침한 표정으로 허리를 꼿꼿하게 세운 아디나가 떠올랐다.

똑바로 눈을 마주치기조차 힘든 도도함까지 아디나와 닮았다.

다만, 나는 사람의 묘약 따위 필요 없다고 냉정하게 돌아서는 아디나의 씩씩하고 호탕한 성격까지 빼닮았으니, 참 가혹한 운명이다.

"둘카마라의 묘약을 거절한 아디나에게는 애당초 마법을 걸 수조차 없으니까요. 하물며 저는 이제 마법을 부리는 힘까지 잃어버린 노인에 불과한걸요. 아디나에게 사랑의 마법을 거는 건 이제 무리예요."

아야쓰지는 재미있지 않느냐는 듯 웃으며 손을 내저었다.

마치 희극을 연기하는 배우처럼.

다만 지금 일어나고 있는 일처럼 이야기했지만, 사실은 벌써 예전에 끝나 버린 일이었다.

그때 부드러운 목소리가 나직하게 울렸다.

"잊으셨습니까? 원래 둘카마라는 아디나에게 마법을 걸지 못했습니다. 하지만 사랑의 묘약을 마신 네모리노는 결국 아디나의 마음을 사로잡았죠."

바람에 실려 날아오듯이 자연스럽게 시작된 이야기가 또 다른 이야기를 만들어 갔다.

달콤한 달님들이 지켜보는 환한 가게 안에서 즐겁고 유쾌한 이야기들이 노래하며 춤을 추었다.

"네모리노의 아리아 '남몰래 흘리는 눈물'은 명곡이죠. 사랑하는 여자가 자신을 생각하며 눈물을 흘리는 모습을 엿본 네모리노의 기쁨과 기대, 답답한 마음이 잘 표현된 곡입니다. 아디나가 걸린 마법의 정체는 순박한 네모리노의 진실한 사랑, 아니었을까요? 그리고 이건 달이 들려준 이야기랍니다."

가타리베의 목소리가 한층 더 다정해졌다.

"슬럼프에 빠진 스토리텔러가 있었습니다. 그는 자신이 지금까지 한 빛나는 이야기들이 전부 거짓이었다는 사실을 알고 더는 이야기를 하지 못하게 되어 버렸죠."

'이야기를 하지 못하는 스토리텔러? 설마 지금 자기 얘기를 하는 건가? 내 앞에서 사람의 마음을 흔드는 목소리로 이야기를 들려주는 이 남자가? 그도 이야기를 엮어 내는 능력을 잃어버린 적이 있었다는 건가?'

"하루하루를 무기력하게 보내던 그는 어느 겨울날, 자신이 빛내주어야 할 '진짜 이야기'를 만났습니다. 그 순간 몸 안의 피가 뜨거워지면서 그가 가진 스토리텔러의 본능이 다시 눈을 떴죠. 이야기를 엮어 내는 능력도 돌아왔답니다."

실제 있었던 이야기처럼 들렸다.

가타리베의 목소리가 소중한 기억을 조심스럽게 꺼내 놓는 사람처럼 다정하고 따스했다.

그렇다면 그가 만난 '진짜 이야기'란 무엇이었을까?

"싸구려 와인을 사랑의 묘약으로 속인 둘카마라는 악당이지만, 타고난 애교로 사람을 홀리는, 결코 미워할 수 없는 매력적인 인물이죠. 하지만 진정한 마법의 힘은 진실한 마음에서 우러나는 진정한 사랑이 있어야만 발휘되지 않을까요? 아야쓰지 님도 둘카마라가 아니라 네모리노가 되어 보시면 어떠실까요? 어쩌면 아디나가 감동의 눈물을 흘리며 영원한 사랑을 맹세해 줄는지도 모르는 일이죠."

'나보고 젊은 네모리노가 되어 보라고?'

아야쓰지는 프러포즈 반지를 상대의 손가락에 끼우며 필사의 각오로 청혼하는 청년의 모습을 떠올려 보았다.

기쁨의 눈물을 흘리던 여인.

아야쓰지가 카운터 안에서 지켜보았던 세상에서 가장 아름다운 스토리였다.

다시 가타리베의 목소리가 이어졌다.

"그리고 주제넘게 한 말씀만 더 드리자면, 아야쓰지 님의 스토리텔링 능력은 사라지지 않았습니다. 때가 되면 스스로 무대에 올라설 겁니다. 제가 장담하죠. 저희 가게의 반달 가토 오페라에는 가슴속에 간직한 소원을 이뤄 주는 마법이 걸려 있거든요."

집사 스토리텔러의 이야기가 달빛처럼 청아하게 빛나며 귀속으로, 마음속으로 서서히 스며들었다.

꿈을 꾸고 있는 듯했다. 아야쓰지는 그를 바라보며 멍하니 중얼거렸다.

"정말… 마법에 걸린 기분이네요."

매번 차갑게 돌아서는 그녀를 보며 가망이 없다고 포기했던 사랑이었다.

하지만 지금은 도도한 아디나의 눈에서 떨어지는 한 방울의 눈물을 본 네모리노처럼 가슴이 일렁였다.

'어쩌면 내게도 아직 희망이 있지 않을까?'

"그렇군요… 그럼, 무정한 아디나에게 달의 마법이 걸린 과자라도 선물해 볼까요?"

☾ ◑ ○

영업을 마치고 이쿠토에게 오늘 낮에 가타리베와 아야쓰지가 나눈 이야기를 전해 들은 무기는 가타리베에게 다가가 옆구리를 쿡 찔렀다.

"이쿠토가 가타리베 씨가 만난 '진짜 이야기'가 뭔지 아냐고 묻던데, 그거 언니를 말하는 거죠? 아아, 우리 언니가 가타리베 씨한 테 진정한 사랑이었구나아."

무기는 골려 주려고 한 말이었지만, 그는 부정하지도, 그렇다고 쑥스러워하는 기색도 없이 그저 입꼬리를 살짝 올려 알 수 없는 미소를 지을 뿐이었다.

조콩드라는 이름의 유래, 모나리자의 미소처럼.

큼지막하게 잘라 달콤하게 캐러멜화한
새콤달콤한 사과의 반전
'타르트 타탱'

고마리는 벌써 1분 넘게 우두커니 서서 쇼케이스 안에 진열된 케이크를 노려보고 있었다.

　안에는 국산 밤과 호지차로 만든 초승달 모양의 무스와 반달 형태의 파이슈에 호박 페이스트를 듬뿍 채운 펌킨 슈크림, 소금 캐러멜과 살구로 만들어서 겉면을 금색 초콜릿으로 덮은 보름달 케이크가 있었다.

　어서 넣어 달라고 배가 요동을 칠 만큼 하나같이 전부 맛있어 보였다.

　'하나 정도는 괜찮지 않을까? 아니, 반의, 반의, 반 정도만이라도…. 정말 아주 조금만 베어 먹어도 참을 수 없이 황홀한 맛이 입 안 가득 퍼질 것 같아. 아니야! 안 돼! 참아! 고마리! 한 입이라도 먹으면 멈추지 못할 거야. 그동안 들인 노력이 다 물거품이 될 거

라고! 정신 차려! 여기 온 목적은 케이크가 아니잖아!'

"어? 우리 학교 교복이네?"

그때 새콤달콤한 사과 향과 함께 파란 원피스에 레이스가 달린 하얀 앞치마를 맨 미타무라 무기가 나타났다.

손에 사과로 만든 홀케이크를 들고서. 적갈색으로 먹음직스럽게 구워진 사과가 듬뿍 올려진, 심지어 사과가 큼지막하고 두툼하기까지 한 아주 아주 요망한 케이크였다.

고마리는 속으로 안 된다고 외치면서도 사과 케이크에서 눈을 떼지 못했다.

"보름달 케이크, 타르트 타탱Tarte Tatin이에요. 방금 구웠으니 한번 드셔 보세요."

발랄한 목소리에 퍼뜩 고개를 들자, 무기가 눈앞에서 방긋방긋 웃고 있었다.

그제야 퍼뜩 정신이 들었다.

고마리는 자신이 이토록 위험하고 요망한 것들로 가득한 곳에 발을 들일 수밖에 없었던 건 미타무라 무기에게 꼭 해야 할 말이 있기 때문이라는 사실을 상기했다.

고마리는 두 발에 힘을 주고 똑바로 서서 무기를 노려봤다.

그리고 영문을 몰라 눈만 끔뻑이는 무기를 향해 최대한 목소리를 낮게 깔았다.

"먹을 걸로 소마한테 꼬리 치지 마!"

할 말을 끝내자마자 몸을 휙 돌려 잽싸게 가게를 뛰쳐나왔다.

'저렇게 향긋한 사과 냄새를 풍기고 다니는 건 반칙이지! 비겁해! 정말 싫어! 싫어! 싫어! 사과 케이크도 미타무라 무기도 다 꺼져 버렸으면 좋겠어!'

《 ● ○

다음 날. 무기는 소꿉친구이자 같은 반인 레이지를 등굣길에 만나 어제 있었던 일을 이야기했다. 가게에 온 여학생이 먹을 걸로 소마한테 꼬리 치지 말라고 소리치고 갔다고 말했더니, 레이지는 안 봐도 뻔하다는 얼굴로 코웃음을 쳤다.

"아마 요즘 소마한테 새로 붙은 스토커일 거야."

"뭐? 스토커? 소마한테?"

"전에 말했잖아. 어둡고 음침한 애들이 소마를 좋아한다고. 소마가 원래 그렇게 혼자 어둡고 음침한 망상에 빠진 여자애들한테 인기가 많아. 이번이 몇 번째더라? 내가 아는 것만 해도 세 명, 아니 네 명인가? 정작 본인은 전혀 모르지만."

마키하라 소마는 두 사람과 같은 반이고 현재 무기가 짝사랑하는 상대다.

시원시원하고 밝은 성격에 뭐든 잘 먹는 소마는 함께 있으면 옆사람의 기분까지 좋아지게 하는 사람이다. 가면을 쓰고 다니는 가

식적인 레이지와는 달리 생각이 얼굴에 다 드러나는 순수하고 솔직한 모습이 사람을 끌어당긴달까?

무기는 소마 같은 남자 친구가 있다면 매일매일 즐거울 것 같다고 생각했다.

그래서 소마의 친구인 레이지와 서로의 연애를 밀어주는 동맹도 맺었다. 비록 시작은 언니에게 비틀린 애정을 품은 레이지가 혹시 질투에 눈이 멀어 못된 짓이라도 하지 않을지 염려되는 마음에 제안한 동맹이었지만, 아무튼 지금은 서로 유용한 정보를 공유하는 사이다.

안타깝게도 레이지의 사랑도, 무기의 사랑도, 조금도 진전이 없기는 했지만….

무기는 작게 한숨을 쉬었다. 소마의 엄마인 후미요 씨가 가게에서 파트타임으로 일하게 됐고, 소마도 언니가 만든 과자의 열렬한 팬이 됐다. 유통기한이 가까워진 구움과자나 시제품으로 만든 과자를 학교에 가져가 나눠 주면 제일 반기는 사람이 소마였다.

"도카 누나 과자는 역시 최고야! 무기, 너랑 같은 반 친구라는 게 내 인생 최대의 행운이라니까!"

신이 나서 맛있게 과자를 먹는 소마를 보면 그건 그거대로 뿌듯하고 기분이 좋기는 했다. 그렇지만 가게에 찾아온 그 애가 한 말처럼 먹을 걸로 환심을 사는 정도로는 친한 반 친구의 선을 넘기 힘들었다.

'안 그래도 답답한데, 소마한테 새로운 스토커까지 또 생기게 되다니….'

"3반 요시카와 고마리라는 앤데 삐쩍 말라서 보기만 해도 딱 스토커같이 음침한 캐릭터야. 아무래도 학생 식당에서 소마한테 반한 것 같아."

'학생 식당에서…? 아니, 왜 그런 곳에서? 아, 소마라면 그럴 만도 한가?'

걷다 보니 두 사람은 어느새 학교 교문을 지나쳐 교실로 향하고 있었다. 슬슬 주변 시선을 신경 써야 할 때였다. 레이지는 그의 가면 쓴 모습밖에 모르는 학교 여자애들 사이에서 '왕자님'으로 통하는 인기남이라, 괜히 친하게 보였다가는 그의 팬들에게 눈총을 받기 일쑤였다.

"아, 그리고 보니까 저번에 네 팬인 애가 내 옆에서 대놓고 '뭐야, 못생겼네' 그러더라. 참나, 다들 눈이 어떻게 된 거 아니야? 왜 나랑 너를 엮고 그래? 내가 걔들이 가엽고 불쌍해서 참는다. 빨리 정신 차리길 빌어 줄 뿐이야."

"무슨 소리를 하고 싶은 거야?"

"고마리라는 애가 소마를 좋아하는 마음은… 그래, 이해해. 누구보다 내가 잘 알지."

"하, 예비 남자 친구 자랑이라도 하는 거야? 아무튼 소마는 고마리가 자기를 스토킹하는 줄도 모르니까 신경 쓸 거 없어. 다른 스토커들처럼 시간이 지나면 답답해서 스스로 떨어져 나갈 거야. 아, 저기! 가게에 왔다는 애, 쟤 맞지?"

레이지의 시선을 따라가 보니 팔다리가 젓가락처럼 가는 여학생이 보였다. 너무 말랐다는 생각이 들기는 했지만, 새하얀 얼굴에 보호 본능을 자극하는 여리여리한 분위기가 전통적인 미인상이었다. 가지런히 잘라 이마를 덮은 앞머리도, 가볍게 찰랑거리는 검은 머리도 단정하게 손질한 모습이 무기의 눈에도 제법 예쁘게 보였다.

"응. 맞아. 저 애야."

고마리는 무기의 교실 앞을 서성이면서 주변을 두리번거리고 있었다. 그러다 등교한 무기를 보고 흠칫 놀라며 입술을 깨물더니, 금세 환하게 얼굴을 밝히고 빠르게 뛰어서 무기의 옆을 지나쳐 갔다.

돌아보니 뒤에서 소마가 느긋하게 걸어오고 있었다.

고마리는 그대로 소마에게 돌진하더니 일부러 쿵 하고 부딪쳤다. 그 애가 꺅, 하고 귀여운 소리를 내며 휘청하자 소마가 재빨리 팔을 뻗어 잡아 주었다.

"아, 미안해. 괜찮아?"

부딪친 사람은 고마리였지만 소마가 먼저 사과했다.

"아, 응. 괜찮아. 잡아 줘서 고마워."

"그런데 고마리, 우리 자주 부딪치지 않아? 지난번에 생물실 모퉁이에서도 부딪쳤잖아. 그때 네 손을 잡고 같이 넘어지는 바람에 네가 내 위로 쓰러졌었지? 우리가 조심성이 없는 편인가 봐. 앞으로는 조심해야겠어. 하하하."

학교 안에서 똑같은 사람과 우연히 여러 번 부딪칠 가능성은 따져 볼 필요도 없이 0퍼센트에 가까웠지만, 소마는 그저 재미있다는 듯 웃기만 했다.

고마리가 작은 목소리로 "우리가 서로를… 끌어당기고 있는지도 모르지."라며 수줍게 속삭인 말에도 소마가 보인 반응은 "하하, 우리 몸에 자석이라도 있나?"였다.

'소마, 너는 정말 좋은 사람인데, 정말 심하게 눈치가 없어.'

무기는 다행이라고 해야 할지, 안타까워해야 할지 몰라 머릿속이 복잡해졌다.

그사이 고마리는 토끼처럼 눈을 동그랗게 뜨고 소마를 올려다봤다.

"저기, 소마. 내가 도시락을 만들었는데 너무 많이 만들어서… 닭고기 튀김이랑 계란지단으로 싼 초밥인데, 괜찮으면 같이 먹어 줄 수 있을까? 나는 속이 안 좋아서 많이 못 먹을 것 같거든."

"괜찮아? 양호실에 데려다줄까?"

"아, 아니야. 괜찮아. 항상 먹는 약이 있어. 그런데 도시락이 아까워서, 남으면 상해 버리잖아."

"아, 그럼 아깝지. 걱정하지 마. 내가 먹을게. 나 닭고기 튀김이 랑 계란지단 초밥 좋아하거든."

"어머, 정말? 몰랐어. 잘됐다! 그럼, 점심시간에 학생 식당에 서… 기다릴게."

"그래! 이따 봐! 약, 꼭 챙겨 먹고."

수업 시작을 알리는 예비종이 울리고 나서야 소마는 고마리에 게 인사하고 서둘러 교실로 달려왔다.

"레이지! 무기! 안녕!"

소마는 교실 문 앞에 서 있는 레이지와 무기를 보고 아무 일도 없었다는 듯이 활짝 웃으며 인사를 건넸다. 레이지가 한심하다는 얼굴로 나직이 중얼거렸다.

"너… 정말 바보냐?"

"뭐? 갑자기 무슨 소리야? 아, 레이지, 3반 고마리가 도시락을 너무 많이 만들었대. 닭고기 튀김이랑 계란지단 초밥이라는데, 너 도 우리 엄마가 만든 계란지단 초밥 좋아했잖아. 점심시간에 학생 식당에서 기다린다니까 같이 가자. 무기, 너도 갈래?"

"난 빼 줘. 지난번에 너랑 고마리 사이에 꼈을 때 걔가 날 보던 눈빛만 생각하면 아직도 소름 끼쳐. 짚으로 만든 인형에 대못을 박을 것 같았다고."

"야, 그건 기분 탓이라니까. 무기, 너는?"

"아, 나도 괜찮아. 같이 먹는 친구들이 있어서."

태연한 척 그렇게 대답했지만, 결국 점심시간이 되고 소마가 혼자 학생 식당으로 가는 모습을 본 무기는 싫다는 레이지를 억지로 끌고 몰래 상황을 보러 갔다.

그러고 기어코 두 눈으로 확인하고 말았다. 소마가 고마리가 내민 도시락통에서 계란지단 초밥을 집어 맛있게 먹는 모습을.

도시락은 3단이었고, 하나는 계란지단 초밥, 하나는 닭고기 튀김, 나머지 하나에는 예쁘게 자른 과일까지 담겨 있었다. 꽃놀이나 운동회에서나 볼 수 있는 화려한 도시락이었다.

'속이 안 좋아서 많이 못 먹는다는 애가 3단 도시락을 꽉꽉 채워 왔을 리가 없잖아! 소마! 어떻게 그걸 모를 수가 있어! 뭐가 맛있다고 그렇게 숨도 안 쉬고 먹냐고!'

"쟤, 뭐야? 나한테는 가게까지 찾아와서 먹을 걸로 꼬리 치지 말라고 엄포를 놓고 갔으면서 정작 먹을 걸로 꼬리 치는 건 쟤잖아! 어이가 없네! 그리고 왜 저렇게 친한 척을 하는 건데! 같은 반도 아니면서!"

"글쎄, 쟤가 꼬리를 치든 뭘 하든 소마는 전혀 신경 쓰지 않는다니까."

"잠깐만! 요즘 계속 소마가 점심시간에 교실에 없었던 이유가 학생 식당에서 쟤랑 도시락 먹느라 그랬던 거야?"

"맞아. 소마는 먹는 거라면 뭐든 거절하지 않잖아. 나라면 여고

생이 직접 만든 도시락 같은 건 찝찝해서 절대 안 먹지."

레이지가 도무지 이해가 안 된다는 듯 말했다.

그때 고마리가 토끼 모양으로 귀엽게 깎은 사과를 과일꽂이에 꽂아 소마에게 내밀자, 소마가 웃으며 받아 들었다. 무기의 속이 부글부글 끓기 시작했다.

'소마… 넌 고마리한테도 그런 표정을 보여 주는구나.'

다음 날도, 그다음 날도 고마리는 계속 소마와 부딪칠 일을 만들었다.

말 그대로 소마가 지나갈 곳에서 미리 기다리고 있다가 일부러 부딪쳤다. 이쯤 되면 누구라도 이상하게 여길 법했지만, 소마는 이상하게 생각하기는커녕 여전히 답답한 소리만 해 댔다.

"고마리, 너랑은 정말 자주 마주치고, 잘 부딪친다니까, 하하."

그뿐만이 아니었다.

오늘은 연약한 척하면서 일부러 넘어진 고마리가 다리를 잡고 아프다고 엄살을 떠니까 큰일이라도 난 것처럼 그 애를 등에 업고 양호실에 데려다주기까지 했다.

공주님처럼 양팔로 번쩍 안고 가지는 않았으니 그나마 다행이었지만, 소마 등에 업힌 고마리가 부러워서 심장이 타들어 가는 것 같았다.

무기는 소마의 등에 뺨을 대고 행복하다는 듯 웃는 그 애가 미웠다. 그 순간은 그냥 다리가 확 부러져 버렸으면 좋겠고, 입원해서 학교에 오지 않았으면 좋겠다고 생각할 만큼.

"이러다가 나도 너처럼 삐뚤어질 것 같아아!"

무기는 집 근처 공원에서 레이지를 붙잡고 복잡한 마음을 쏟아냈다.

"그럼, 그냥 삐뚤어지면 되잖아."

레이지는 뭐가 문제냐는 식이었다.

"소마한테 가서 말해. '고마리한테 친절하게 굴지 마! 나도 너 좋아해!'라고 소리라도 질러. 그 녀석은 그 정도는 해야 겨우 알아차릴걸?"

"그래… 그럴지도 모르지. 그런데 지금 고백이 문제가 아니야. 내가 좋아하는 남자 옆에 있는 애는 예쁘고 귀여운 여자라고! 언니한테 달라붙어서 집요하게 괴롭히던 너 같은 애가 아니라아. 애당초 너는 언니가 먼저 피했잖아."

순간 무섭게 눈을 치켜뜬 레이지가 버럭 소리를 질렀다.

"야, 너 지금 나 비난하는 거야? 이미 변했네. 이미 나처럼 삐뚤어진 거 아니야? 그리고 나도 지금은 도카 누나한테 잘하고 있거든! 요즘은 내가 맛있다고 칭찬하면 누나도… 조금은 웃어 준단 말이야."

제가 말해 놓고도 자신이 없다는 듯 레이지의 목소리가 점점 작아졌다.

그제야 무기도 말이 지나쳤다는 걸 깨달았다.

"미안해, 레이지. 소마 일로 예민해져서 괜히 너한테 화풀이했어. 네 말이 맞아. 언니도 요즘은 전처럼 널 피하지 않아."

풀 죽은 얼굴을 보이고 싶지 않은지 레이지가 고개를 휙 돌려 버렸다.

하지만 툴툴거리면서도 무기를 위한 조언은 잊지 않았다.

"괜히 질투나 하는 한심한 여자가 되기 싫으면 그냥 요시카와 고마리한테 관심을 꺼. 어차피 얼마 안 가서 지금까지 소마한테 들러붙었던 역대 스토커들처럼 제풀에 지쳐 나가떨어지고 말 테니까."

"고마워. 레이지. 지금 보니까 너, 정말 조금은 다정해진 것 같으네."

그 말에 귀까지 빨개진 레이지가 아예 등을 돌려 버렸다.

'그래, 레이지 말대로 소마가 그 애랑 같이 있는 모습을 일부러 보러 가면 괜히 내 기분만 상할 뿐이야. 이러면 나야말로 스토커지. 내일부터는 아예 신경을 끄자.'

하지만 마음을 굳게 다지고 집으로 돌아온 무기 앞에 뜻밖의 인물이 나타났다. 팔다리가 부러질 듯 가늘고 찰랑찰랑한 검은 머리를 곱게 빗은 여학생이 1층 가게 앞을 서성이고 있었다.

가게 안을 들여다보고 앞을 왔다 갔다 하더니, 다시 한번 슬쩍 안을 보고는 이리저리 서성거렸다.

혹시 전처럼 경고라도 하러 왔나 싶어서 무기가 경계심을 세우려던 그때, 고마리가 갑자기 배를 움켜잡고 그 자리에 털썩 주저앉았다.

"괜찮아? 왜 그래? 배 아파?"

놀란 무기가 황급히 다가가 물었지만 고마리는 무기의 손을 뿌리치고 다시 일어섰다.

"그냥… 좀 쉬었을 뿐이야. 그보다 너, 그만 소마한테서 떨어져! 소마는 내 남자 친구야!"

"남자 친구? 둘이 사귄다고? 언제부터?"

"열흘 전에 학생 식당에서 운명적으로 만난 그날부터."

고마리의 목소리는 확신에 차 있었다.

하지만 무기는 두 사람이 학생 식당에서 처음 만났다는 얘기는 들었어도 둘이 사귄다는 말은 소마에게도, 레이지에게도 듣지 못했다.

"내가 전에 학생 식당에서 한정 수량으로 나온 멘치카츠 정식을 주문하고도 배가 아파서 손도 대지 못한 적이 있었어. 그때 내가 곤란해하는 걸 보고 소마가 먼저 말을 걸었단 말이야. '아, 멘치카츠 정식이네. 그거 한정 수량이라 경쟁이 치열했다고 들었는데. 지금은 다 팔렸더라고, 부럽다.' 그래서 내가 그랬지. 나는 배가 아파서 먹을 수가 없으니까 괜찮으면 먹겠냐고, 그랬더니 소마가 자기 유부우동이랑 바꾸자고 했어. 우동은 자극적이지 않아서 먹을 수 있을 거라고."

그때 소마가 행복한 표정으로 멘치카츠를 맛있게 먹는 모습에 반했다는 이야기였다.

"와, 진짜 맛있었어! 어? 우동도 안 먹었네. 우동, 안 좋아해? 이런, 말을 하지, 미안."

"아니야. 좋아하는데… 내가 식단 관리를 하고 있어서…. 다이어트… 해야 하거든."

그러자 소마가 눈을 크게 뜨고 놀라더니 한여름 무더위를 식혀 주는 시원한 바람처럼 상쾌하게 웃으며 말했다고 한다.

"야, 네가 뺄 살이 어디 있어? 지금도 이렇게 날씬한데!"

"그날 소마가 우동까지 다 먹었어. 정말 맛있게 그릇을 싹 비우고는 고마웠다고 환하게 웃었어. 내가 내일도 학생 식당에서 볼 수 있냐고 물었을 때도 흔쾌히 내일은 자기가 사 주겠다고, 얻어 먹기만 하고 모른 척하는 나쁜 놈은 아니라고, 그랬단 말이야. 내가 또 먹지 못하게 되면 도와줄 수 있냐고 물었을 때도…."

"물론이지! 언제든지, 얼마든지 먹어 줄게!"

"언제든지, 얼마든지, 분명히 그렇게 말했어. 그러니까 사귀자는 거잖아."

'어? 자, 잠깐만, 왜 갑자기 얘기가 그렇게 되는 거야?'

무기는 기가 막혀서 할 말을 잃었지만, 고마리는 부끄럽다는 듯이 입술을 감쳐물었다.

"소마가 대신 멘치카츠 정식이랑 유부우동을 맛있게 먹어 준 것도, 언제든지 도와주겠다고 했던 것도, 뚱뚱하지 않다고 말해 준 것도, 다 너무 기뻤어. 나, 사실 중학교 때 뚱뚱해서 남학생들한테 '뒤룩뒤룩 돼지 새끼'라고 놀림 받았거든. 고등학교에 와서 열심히 식단 관리를 하길 정말 잘했어. 봐, 살을 빼니까 소마같이 멋진 남자 친구가 생겼잖아."

부러질 것 같은 여리여리한 몸에 얼굴도 나이보다 어려 보이는 고마리가 행복하다는 듯 웃었다. 그 미소에서 아이 같은 천진함이 느껴져 차마 뭐라 말을 꺼낼 수가 없었다.

외모에 신경 쓰느라 제대로 먹을 수 없었던 고마리의 눈에는 맛있고 행복하게 음식을 먹는 소마가 세상 그 누구보다 멋지게 보였을 터였다. 그 마음을 알 것 같았다.

"그, 그러니까 사과 얘기 같은 거 소마한테 하지 마!"

"사과? 아, 내가 쉬는 시간에 교실에서 했던 말? 가을 신제품 타르트 타탱이 정말 맛있다고 추천한 거 말이야?"

"우와아! 맛있겠다! 이건 꼭 먹어야 해! 조만간 누나 가게에 가야겠어!"

그러고 보니 소마가 타르트 타탱에 지대한 관심을 보이기는 했었다.

"사과 케이크를 미끼로 소마를 너희 집에 불러들이려는 거잖아! 배가 터지도록 먹이고 너희 집에서 잠이라도 들면 잠든 얼굴을 몰래 사진으로 찍으려고 했지? 아니면 키, 키스라도 할 작정이었어?"

"뭐? 내가 그런 짓을 왜 해!"

무기의 눈에는 그런 상상까지 하는 고마리가 더 위험해 보였다.

"거짓말! 지난번에도 나한테 엄청나게 맛있어 보이는 케이크를 들이밀었잖아! 사람을 홀릴 듯이 반질반질 윤이 나는 사과 케이크 말이야!"

고마리가 가게에 와서 황당한 엄포를 놓고 갔던 날을 말하는 걸까? 그러고 보니 그날 무기가 타르트 타탱 홀케이크를 들고 있기는 했다.

"여유로운 미소까지 띠고 방금 구웠다고 그랬잖아!"

'그야, 손님이라고 생각했으니까 웃는 얼굴로 맞이하는 게 당연

하잖아.'

"아무튼 소마 여자 친구는 나니까 더 이상 사과 케이크 따위로 꼬리 치지 마!"

그렇게 말한 고마리는 자기 스마트폰 화면을 무기 앞에 들이밀었다.

화면은 소마의 사진으로 빽빽이 채워져 있었다. 순간 오싹 소름이 끼쳤다.

교복 입은 사진이나 체육복을 입은 사진은 물론, 야구부 유니폼을 입은 사진도 있었고 심지어는 옷을 갈아입는 도중으로 보이는 사진도 있었다. 다만, 소마가 카메라를 보고 있는 사진은 단 한 장도 없었다.

'몰래 찍은 거야? 이걸 전부?'

"여자 친구가 아니면 이렇게 편안하고 자연스러운 사진을 어떻게 찍을 수 있겠어?"

당당하게 턱을 치켜들고 말한 고마리는 용건이 끝났다는 듯 뒤도 돌아보지 않고 가 버렸다.

이건 명백한 스토킹이었다.

그날 밤 무기는 3층 자기 방에서 숙제를 펼쳐 놓고 고민에 휩싸였다. 고마리의 상태를 알아 버린 이상 그냥 넘길 수 없었다.

'이러다 소마에게 무슨 일이라도 생기면….'

레이지의 메시지가 도착한 건 그때였다.

「일요일에 시간 있어?」

「별일은 없는데, 왜?」

「오케이, 소마한테 말해 둘게.」

그렇게 레이지와 영문 모를 메시지를 주고받은 다음 날.

쉬는 시간에 소마가 뜬금없는 말을 꺼냈다.

"무기, 너 태극권에 관심 있다며?"

"응? 태극…권?"

건강한 어르신들이 공원에 모여서 정해진 동작에 맞춰 춤을 추듯 몸을 움직이는 모습이 떠올랐다.

무기는 당연히 태극권에 관심을 가져 본 적이 없었다.

하지만 소마는 활짝 웃으며 다 안다는 듯이 말했다.

"레이지한테 들었어. 네가 요즘 태극권에 푹 빠져 있다고. 우리 할아버지가 태극권 모임 멤버신데 일요일에 요요기 체육관에서 발표회를 하시거든. 전국에 있는 지부가 다 모이는 큰 행사라나 봐. 시간 있으면 같이 갈래?"

무기는 말이 떨어지기 무섭게 대답했다.

"응! 갈래! 나 태극권 진짜 좋아해!"

☾ ◑ ○

겨울이지만 구름 한 점 없이 날이 맑았다.

"언니, 이 옷, 좀 이상하지 않아?"

무기가 고심 끝에 어렵게 정한 오늘의 스타일은 평소 즐겨 입던 캐주얼한 옷이 아니라 여성스러움을 한껏 드러낸 치마와 니트, 숄이었다.

"무기, 너무 예쁘다."

"고마워! 그리고 타르트 타탱도 고마워. 반질반질 윤이 나는 표면에 향긋한 사과 향기까지, 정말 보기만 해도 홀려 버릴 것 같아. 소마가 너무 좋아할 거야."

태극권 발표회는 오전에 시작해서 오후에 끝나는 일정이라 중간에 점심시간도 있었다.

"엄마가 맛있는 도시락 싸 주신다고 하셨어."

"너희 어머니는 정말 만능 주부시라니까. 아, 기대된다. 나는 언니 가게에서 간식 챙겨 갈게. 먹고 싶은 거 있어?"

"타르트 타탱!"

눈을 반짝이며 외치는 소마에게 언니에게 부탁해서 특별히 크게 구워 오겠다고 약속했다.

그 말에 소마는 아이처럼 기뻐했다.

"갔다 올게, 언니!"

무기는 언니에게 받은 타르트 타탱 홀케이크를 통째로 보랭백에 넣고, 가벼운 발걸음으로 집을 나섰다. 가게 앞에서 이쿠토가 오픈 준비를 하고 있었다.

"어? 무기, 데이트하러 가? 좋겠다. 나도 따라가면 안 돼? 셋이 같이 데이트하자!"

하지만 곧바로 일해야지 어딜 가냐고 부드럽게 나무라는 가타리베의 목소리가 이어졌다.

그 말에 이쿠토는 "맞다. 일요일은 손님이 많지. 아쉽지만 데이트는 다음에 해!"라는 말을 남기고 총총히 가게 안으로 사라졌다.

이쿠토가 사라지자 가타리베가 무기를 보고 싱긋 미소 지어 보였다.

"그 보름달 타르트 타탱은 파티시에가 무기 양을 위해서 특별히 만든 케이크라 달의 마법도 두 배로 강하게 발휘될 거예요. 요즘 가게가 바빠서 휴일에도 가게 일을 돕느라 고생 많았어요. 저도 파티시에도 늘 미안했답니다. 오늘은 아무 걱정하지 말고 천천히 재미있게 놀다 와요."

그렇게 가타리베의 다정한 응원까지 받았다.

근처 역에서 소마를 만난 무기는 지하철을 타고 요요기 체육관으로 향했다.

휴일이라 지하철이 한산해서 나란히 자리에 앉아 갈 수 있었다. 자리에 앉은 무기가 커다란 보랭백을 무릎에 올리자, 소마가 눈을 반짝였다.

"그거, 타르트 타탱이야?"

"응, 홀케이크로 가져왔으니까 점심때 잘라 먹자."

"무기, 너한테 사과 냄새가 나."

"응? 그래?"

"응, 완전 좋은 향기가 나. 빨리 점심시간 됐으면 좋겠다."

소마의 말에 무기는 볼이 홧홧하게 달아올랐다. 어쩌면 얼굴도 사과처럼 빨개졌을지 몰랐다.

"야, 우리는 케이크 먹으러 가는 게 아니고 할아버지 태극권 발표회를 보러 가는 거야. 잊지 마."

"알아! 알아! 이번 행사는 4년에 한 번 하는 큰 이벤트래. 할아버지가 의욕이 넘치시더라."

"그럼. 우리도 열심히 응원해야겠다."

"응. 응원도 열심히 할 거지만, 도시락이랑 타르트 타탱도 열심히 먹을 거야!"

"하하하, 그래. 마키하라 소마답다."

적당히 설레고 기분 좋은 분위기가 정말 데이트라도 하는 듯해서 무기의 심장은 아까부터 콩닥콩닥 바쁘게 뛰고 있었다.

'레이지한테 뭔가 보답을 해야겠어. 언니가 좋아하는 미술관을 가르쳐 줘야지.'

두 사람이 체육관에 도착했을 때는 이미 건물 밖 공터가 태극권 도복을 입은 사람들로 북적이고 있었다.

대부분은 나이 드신 분들이었지만 젊은 여자나 초등학교 저학년쯤으로 보이는 아이들도 있었다. 똑같은 중국풍 도복을 맞춰 입고 바른 자세로 서 있는 모습이 퍽 귀여웠다.

무기는 소마와 함께 바로 발표회가 열리는 대강당을 찾아서 들어갔다.

강당을 빙 둘러 설치된 관객석에는 그다지 사람이 많지 않아서 마음에 드는 자리에 앉을 수 있었다.

두 사람이 앉은 자리에서 공연하는 사람들의 모습이 한눈에 잘 보였다.

지금껏 태극권을 어르신들이 건강을 위해 하는 운동이라고만 생각했던 무기는 수십 명의 참가자가 음악에 맞춰서 일제히 움직이는 모습에 금세 시선을 빼앗겼다. 허공을 천천히 유영하는 듯 부드럽게 움직이는 동작도 생각보다 근사했다.

프로 댄서처럼 한 치의 오차도 없이 모두가 완벽하게 맞추지는 못했다. 능숙한 사람이 있는가 하면 한 박자씩 늦는 아저씨도 있었고, 동작을 틀려서 당황하는 아이도 보였다. 그런 모습들이 오히려 보는 재미를 만들어 주었다.

"어머, 쟤 좀 봐. 반대 방향으로 돌았어."

"그래도 당황하지 않고 방향을 바꾸네. 대견한데?"

"와, 저기 맨 앞에 있는 여자분은 동작이 정말 매끄럽다. 스타일도 멋지시고."

"저분은 분명 사범님일 거야."

소마와 나누는 소소한 대화도 즐거웠다.

"부채 들고 추니까 정말 화려하다. 멋있어."

"다음 차례인 검무도 진짜 멋있어. 우리 할아버지가 추실 거야."

"정말? 너희 할아버지가? 어디? 어느 분이야?"

"저기, 다음 순서로 대기하고 있는 사람들 있잖아. 저 중에 머리 숱이 좀 빈약하신⋯."

다음 공연이 시작되자 소마가 앞에서 네 번째 줄 오른쪽 세 번째에 서 있는 사람이 자기 할아버지라고 가르쳐 주었다.

다부지고 날렵한 체격의 할아버지는 종이로 만든 반월도를 능숙하게 붕붕 돌리셨다. 다른 사람들보다 약간 박자가 빠르기는 하셨지만.

"정정하시다. 정말 건강해 보이셔."

"응. 일흔넷이신데도 라면 대자에 토핑까지 전부 추가해서 국물 한 방울 남기지 않고 다 드시는 분이야. 힘이 넘치신다니까."

소마가 스마트폰으로 동영상을 찍으며 대답했다. 집에 가서 가족들에게도 보여 주고 할아버지에게도 보내 드려야 한다며 꼼꼼히 찍었다.

공연이 끝나자 할아버지가 관객석까지 소마를 보러 오셨다.

뒤에서 갑자기 나타나 머리를 와락 끌어안으시는 바람에 소마가 악, 하고 소리를 질렀지만, 그런 소마를 보고 오히려 껄껄 웃으셨다.

"요 녀석, 여자 친구를 데려온 게냐?"

"무슨 소리야! 같은 반 친구야. 태극권에 관심이 있다길래 같이
온 거라고."

'여자 친구'는 아니라고 깔끔하게 부정당했지만, 쑥스러워하는
소마의 표정만으로도 무기는 또 가슴이 몽글몽글해졌다.

"할아버지, 오후에도 또 공연하는 거지? 엄마가 도시락 잔뜩 싸
줬는데 우리랑 점심, 같이 드셔."

"아니다. 점심은 동호회 사람들이랑 먹을 거야. 홋카이도로 이
사 간 멤버가 왔거든, 할 말이 많아. 그리고 데이트를 방해할 수는
없지. 할아버지도 그 정도 눈치는 있어."

"데이트 아니라니까!"

소마가 그러거나 말거나 할아버지는 무기를 보고 눈치 없는 손
자 놈이지만 잘 부탁한다고 인사하시고는 며느리가 챙겨 준 도시
락을 가지고 대기실로 돌아갔다.

"우리 할아버지가 멋대로 오해해서 미안해."

소마가 민망해하며 다시 얼굴을 붉혔다.

하지만 분명 자신을 의식하고 있다는 증거라는 생각에 무기는
오히려 기뻤고, 설렜다. 몸이 두둥실 떠올라 구름 위를 걷는 기분
이랄까?

"아니야. 나도 오늘 가게에서 나올 때 이쿠토한테 데이트하러

가냐는 말을 들었는걸."

"그래? 다들 무슨 생각을 하는 거야."

"그, 그러게. 아하하….."

어색하게 웃으며 손을 내저으면서도 무기는 난처해하는 소마를 다시 바라봤다. 그렇게 작게나마 행복을 만끽했다.

'이것도 다 레이지 덕분이야. 좋아, 기분이다! 언니 쉬는 날도 알려 줘야겠어.'

　　　　　　　　☽　◐　○

한편, 그 시각 레이지도 강당에 있었다.

무기와 소마가 있는 자리에서 조금 떨어진 곳에 몸을 숨기고 저주라도 퍼부을 듯한 시선으로 두 사람을 노려보고 있는 고마리를 발견한 레이지는 옆으로 다가갔다.

"역시 왔구나."

고마리가 작은 어깨를 흠칫 떨며 뒤를 돌아봤다. 레이지를 보자마자 얼굴이 붉으락푸르락 다채롭게 변했지만, 곧 이를 악물고 고개를 뻣뻣이 치켜들었다.

"남자 친구가 다른 여자애랑 둘이 있으면… 신경 쓰여서 따라오는 게 당연하잖아. 너야말로 여기 왜 온 거야?"

"그러게나 말이다, 내가 지금 뭐 하는 건지….."

레이지 입에서 피식 바람이 샜다.

분명 고마리가 체육관에 나타날 것 같아서 무기랑 소마를 방해
하지 못하도록 감시할 생각이었지만, 그런 말은 목에 칼이 들어와
도 할 수 없었다. 그건 절대 아사미 레이지다운 행동이 아니었으
니까.

"그냥 심심해서."

대충 둘러댄 레이지는 고마리 옆자리에 털썩 앉았다.

"그리고 말은 똑바로 하자. 소마는 네 남자 친구가 아니야. 소마
한테 그런 말은 한 번도 들은 적 없어."

학교에서는 '자상하고 다정한 레이지'로 통하는 그가 같은 학교
여학생에게 퉁명스럽게 쏘아붙였다.

'이러면 내 이미지에 흠집만 생기고 나한테 득 될 일은 하나도
없는데. 하, 나도 참.'

"소, 소마가… 너한테 부끄러워서 말하지 않았을 뿐이야. 나는
소마 여자 친구야. 소마는 항상 날 도와주고 나한테 늘 친절하단
말이야!"

"틀렸어. 소마는 누구에게나 다 친절해. 원래 그런 녀석이야. 매
사에 태평하고 아무 생각이 없는 놈이거든."

레이지는 매사에 '득'인지, '실'인지를 하나하나 따져가며 행동하
지만, 소마는 그런 계산적인 행동은 절대 하지 않는다.

그래서인지 마음속에 어둠과 상처를 품은 여자애들이 소마에

게 집착하곤 했다.

소마의 마음속에는 어둠은커녕 희미한 그늘조차 없고 한없이 밝고 활기찬 기운만이 가득하니까 이 애라면 아무리 추한 모습을 보여도 자신에게 질리지도 않고, 버리지도 않을 거로 생각했다.

밝은 성격은 소마의 장점이었지만, 때로는 성가신 일을 만들기도 했다.

☾ ◑ ○

'어? 레이지잖아? 레이지가 왜 여기에? 그런데 옆에서 레이지를 무섭게 노려보는 쟤는… 고마리?'

무기가 두 사람을 발견한 건 기다리고 기다리던 점심시간이 되고, 소마가 의기양양하게 도시락을 펼치기 시작했을 때였다.

멀찌감치 떨어진 자리였지만 강당에 있는 사람들 대부분이 참가자였고 관중들도 기본적으로 참가자 가족들이 전부였기 때문에 빈자리가 많았다.

그렇다 보니 주변으로 시선을 돌리자마자 레이지와 고마리의 모습이 단번에 눈에 들어왔다. 무기의 눈이 크게 벌어졌다.

'레이지가 왜 여기 있지? 헉! 고마리가 이쪽을 보잖아! 레이지는 그렇다 치고 고마리는 왜 온 거야? 설마 우리를 방해라도 하러 온 거야?'

그 와중에도 소마는 도시락에만 온 정신이 쏠려 있었다.

그 순간 무기의 가슴속에서 복수심이 꾸물꾸물 고개를 들었다.

얼마 전 학생 식당에서 소마 옆에 찰싹 붙어 여우짓을 하던 고마리를 몰래 지켜보며 속상해했던 일이 떠올랐다.

이번에는 무기가 고마리에게 돌려줄 차례였다.

무기는 도시락을 들여다보는 척하며 자연스럽게 소마의 옆으로 조금 더 붙어 앉았다. 고개를 숙이면 소마의 가슴에 뺨이 닿을 수 있을 정도로 가깝게.

"와, 맛있겠다. 역시 너희 어머니 솜씨는 대단하셔. 너무 예뻐서 못 먹겠어."

"닭고기 튀김은 김 맛하고 간장 맛, 약간 매운맛도 있어. 매운 거 괜찮아?"

"응. 나, 칠리새우 진짜 좋아해."

"그럼, 매운맛 먹어 봐. 맛있어."

"케첩 마요네즈 소스도 있네. 와아, 맛있겠다!"

무기는 고개를 비스듬히 기울이고 조금 아래에서 소마를 올려다보며 방긋방긋 웃고, 나무젓가락을 건네받을 때는 일부러 손을 잡기도 했다. 누가 봐도 데이트하는 커플처럼 보이도록.

소마는 평소와 똑같이 태연했지만, 무기는 누군가 심장을 꽉 움켜쥔 것처럼 가슴이 조여 왔다.

'나도 소마를 좋아해. 그러니까 이건 선전포고일 뿐이야.'

무기는 그렇게 자기 합리화하며 마음을 다잡았지만, 소마와 가까이 앉아서 손이 스치는 낭만적인 순간에도 두근거리기는커녕 괴롭기만 했다.

다시 고마리가 있는 쪽으로 흘끗 고개를 돌려 봤다. 금방이라도 울음을 터트릴 것 같은 고마리의 얼굴이 보였다.

순간 가슴이 철렁 내려앉았다.

'학생 식당에서 두 사람이 사이좋게 밥 먹는 모습을 몰래 지켜봤을 때, 나도 지금 고마리와 똑같은 얼굴이지 않았을까? 그때 내가 어떤 기분이었는지 알면서 똑같이 돌려주려고 하다니, 아아, 창피해. 너무 부끄러워.'

귀 끝까지 빨갛게 열이 오른 무기는 쥐구멍이라도 찾아 들어가고 싶었다.

그때였다.

"어? 레이지!"

해맑은 목소리가 밝게 울렸다.

이제야 두 사람을 발견한 소마가 자리에서 벌떡 일어나 그들에게 달려갔다.

"뭐야. 언제 왔어? 내가 같이 가자고 했을 때는 아마추어 태극권에 관심 없다고 하더니, 고마리랑 같이 온 거야?"

레이지는 여기서 우연히 만났다고 대답했고, 고마리는 여전히 풀 죽은 얼굴로 쭈뼛쭈뼛 소마를 바라볼 뿐이었다.

결국 소마가 레이지와 고마리를 데리고 무기가 있는 자리로 돌아왔다.

"무기! 점심, 다 같이 먹자!"

"그, 그래."

레이지가 자기도 어쩔 수 없었다는 듯 무기에게 어깨를 으쓱해 보였고, 고마리는 무기의 시선을 피하며 계속 고개를 푹 숙이고 있었다.

아무리 봐도 다 같이 즐겁게 도시락을 먹을 분위기는 아니었지만, 무기와 소마, 고마리, 레이지는 관객석에 순서대로 나란히 앉았다. 차례차례 도시락통을 넘겨받아 무릎에 올리고 각자 좋아하는 음식을 집었다.

소마 어머니가 만드신 야심작, 세 가지 맛 닭고기 튀김은 하나같이 양념이 잘 배어서 맛있었지만, 가슴에 턱 걸려서 도무지 내려가지를 않았다.

무기는 어깨를 축 내려뜨린 채로 도시락에는 전혀 손을 대지 않는 고마리가 계속 마음에 걸렸다.

'내가 소마 옆에서 여우짓 한 것 때문에 그러나? 그래서 저렇게 기운이 쭉 빠진 거야?'

따지고 보면 그동안 무기도 고마리 때문에 속이 부글부글 끓었던 적이 한두 번이 아니었지만, 그렇다고 쌤통이라는 생각은 들지 않았다. 가시방석에 앉은 사람처럼 마음이 불편하기만 했다.

그때 소마가 고마리에게 계란지단 초밥이 담긴 도시락통을 내밀었다.

"고마리, 이것 좀 먹어 봐. 우리 엄마가 만든 계란지단 초밥은 정말 최고거든! 한번 먹어 보면 다른 건 못 먹는다니까!"

소마가 한없이 순수한 얼굴로 고마리를 보며 활짝 웃었다.

그 순간 무기는 흠칫 놀란 고마리의 눈썹 끝이 힘없이 떨어지는 모습을 보고 말았다. 마치 가슴이 무너지는 슬픈 이야기를 들은 사람처럼….

아마도 고마리는 소마가 계란지단 초밥과 닭고기 튀김을 좋아한다는 말을 듣고, 손이 많이 가고 번거로운 음식임에도 그를 위해 열심히 만들었을 것이다.

소마가 맛있게 먹는 모습을 보고 진심으로 행복했을 테고.

그러니 저토록 해맑은 얼굴로 엄마가 만든 계란지단 초밥이 최고라는 말을 들으면 충격받을 만도 했다.

'소마, 그런 말은 하는 게 아니지!'

고마리는 계란지단 초밥을 집어 들기는 했지만 입에 넣지는 못했다. 그러다 한 손으로 배를 누르며 힘없는 목소리로 소마에게 물었다.

"소마, 학생 식당에서 처음 만난 날, 기억해? 내가 멘치카츠 정식을 먹지 못해서 난처해하고 있는데 네가 대신 먹어 줬잖아."

"기억하지, 결국 유부우동까지 내가 다 먹었잖아."

"그때 네가 나 대신 언제든지, 얼마든지 먹어 주겠다고 했던 말도 기억해? 그때 너, 꼭 왕자님 같았어. 나한테 날씬하다고도 했는데… 지금도… 그렇게 생각해? 나 뚱뚱하지 않아?"

고마리의 눈동자가 불안으로 얼룩졌다.

제발 그때처럼 환하게 웃으면서 대답해 줘. 뚱뚱하지 않다고, 뺄 살이 어디 있냐고, 언제든지, 얼마든지 나를 도와주겠다고 말해 달라고 애원하는 듯했다.

고마리의 간절한 바람이 소마를 사이에 두고 반대편에 앉아 있는 무기에게도 전해졌다.

'소마가 내 앞에서 고마리를 칭찬하는 것도, 상냥하게 대하는 것도 솔직히 싫어. 질투가 나서 속이 시꺼멓게 타 버릴지도 몰라. 하지만… 지금은 고마리가 너무 불안해 보여. 지금 저 애한테는 소마의 다정한 한마디가 필요해.'

소마의 입매가 부드럽게 호를 그렸다.

구름 한 점 없이 맑게 갠 푸른 하늘 같은 웃음이었다.

"전혀! 뚱뚱하지 않아. 오히려 너무 말랐지."

고마리의 얼굴에도 빛이 돌아왔다.

'아, 이걸로 고마리는 소마한테 또 한 번 반했겠지? 자기가 소마 여자 친구라고 더 자신만만하게 굴 거야.'

무기는 복잡한 지금 제 기분을 뭐라 설명해야 할지 몰랐다.

소마가 환한 미소를 머금은 채로 이어서 말했다.

"솔직히 난, 너 처음 봤을 때 너무 말라서 귀이개 같다고 생각했거든."

"귀, 귀…이개?"

고마리의 얼굴이 순식간에 굳어 버렸다.

"응, 할아버지가 구사쓰 온천에 여행 가셨을 때 선물로 사 오셨는데, 끝 쪽에 인형 얼굴이 달려 있어. 검은 머리에 앞머리를 일자로 자른 인형인데, 너랑 똑같이 생겼어. 그래서 널 처음 봤을 때, 와! 귀이개랑 똑같이 생긴 애가 있어, 했다니까. 하하."

악의는 전혀 느껴지지 않았다.

소마가 나쁜 뜻으로 한 말이 아니라는 건 누구보다 무기가 잘 알았다.

무기는 속마음을 꾸밈없이 보여 주는 소마가 좋았으니까.

하지만 고마리는 점점 창백하게 질려 가고 있었는데, 거기다 대고 소마는 기어코 가슴을 후벼 파는 잔인한 말을 던졌다. 그것도 티끌 하나 없는 무구한 얼굴에 산뜻한 미소를 머금은 채로.

"고마리, 넌 너무 말랐어. 건강을 생각해서 조금 더 살을 찌우는 게 어때? 그리고 왕자님이라니, 하하, 말도 안 돼. 멘치카츠 정식하고 유부우동 좀 먹어 준 걸 가지고 너무 오버하는 거 같은데, 안 그래? 하하하."

이제 울음이 터지기 직전이었다.

더는 참을 수 없었다. 무기는 무릎에 놓인 도시락통을 소마의 도시락통 위에 거칠게 내려놓았다.

"소마! 왜 그렇게 눈치가 없어! 여자애한테 귀이개를 닮았다니, 누가 그런 말을 해! 뭐? 인형이 달린 귀이개? 정말 최악이야! 너는 나쁜 뜻으로 한 말이 아니라도 듣는 사람은 상처받는다고! 호탕한 성격은 좋아, 멋지다고 생각해! 하지만 가끔은 너무 호탕해서 상대에게 상처를 주기도 한다고! 조금은 상대를 배려해서 말할 수 없어!"

소마는 고개를 들고 무기를 바라본 채로 떡 벌어진 입을 다물지도 못하고 굳어 버렸다.

고마리도 소마와 똑같은 표정이었고, 그 뒤에 앉은 레이지가 어이가 없다는 듯 고개를 저었다. "그게 지금… 네가 할 말일까?"라는 말과 함께.

무기도 아차 싶었지만, 이미 열려 버린 뚜껑을 닫을 수도 없었기에 황급히 보랭백을 집어 들었다.

"나, 먼저 갈게."

그렇게 도망쳐 버렸다.

너무 창피해서 도저히 그 자리에 있을 수가 없었다.

"어? 타르트 타탱―!"

등 뒤로 구슬프게 울리는 소마의 목소리가 들렸지만, 멈출 수가 없었다.

'망했어. 소마한테 그렇게 퍼부어 대다니! 항상 방긋방긋 웃는 귀여운 모습만 보여 주고 싶었는데! 욱하고 폭발해서 따지거나 화 내는 모습은 절대 보여 주고 싶지 않았단 말이야!'

하지만 눈치라고는 눈꼽만큼도 없는 소마의 말을 듣는 순간 화가 머리끝까지 치솟았다.

레이지가 고마리도 역대 다른 스토커들처럼 무신경한 소마한테 질려서 알아서 사라질 테니 내버려 두라고 했는데, 그새를 못 참고 폭발해 버렸다. 소마를 좋아하기 때문에 더 가만히 있을 수 없었다.

하지만 놀란 소마의 표정을 보는 순간 정신이 번쩍 들었다.

소마 입장에서 보면 무기가 이유도 없이 갑자기 버럭 화를 낸 셈이니 얼마나 황당했을까.

'언니가 애써 만들어 준 타르트 타탱도 같이 먹지 못했어. 소마가 그렇게나 먹고 싶어 했는데…. 내가 일부러 타르트 타탱을 가지고 갔다고 생각하면 어쩌지? 아, 케이크는 그냥 두고 올걸. 아니야. 그래 봤자 소용없었을 거야. 아무리 소마가 마음이 넓어도 갑자기 소리를 지르면서 화를 내는 여자를 좋아할 리 없잖아!'

☾ ● ○

곧장 집으로 돌아온 무기는 3층 자기 방에 틀어박혔다. 혼자 있으니 소마한테 한 짓이 계속 머릿속을 맴돌아서 돌아 버릴 지경이었다.

'안 되겠다. 가게 일이라도 도와야지. 그럼 기분이 좀 나아질지도 몰라. 일요일이니까 일손은 많을수록 좋을 거야.'

도로 가지고 온 타르트 타탱은 냉장고에 넣어 두면 언니가 보고 걱정할 것 같아서 고민하다가 일단 방 책상 위에 그대로 올려 두었다.

'겨울이니까 보일러만 틀지 않으면 하루 정도는 괜찮겠지? 오늘 밤이랑 내일 아침에 먹자. 그래도 남으면 학교에 가져가서 점심으로 먹지 뭐.'

무기는 가게 유니폼인 파란 원피스로 갈아입고 레이스가 달린 앞치마를 허리에 둘렀다.

1층 가게로 내려갔더니 유리문 너머로 눈부신 오후 햇살이 들이치는 가게는 손님들로 북적이고 있었다.

모두가 즐거운 표정으로 케이크와 구움과자를 고르고 있었다.

"아, 무기 양. 벌써 왔어요?"

가타리베의 말에 무기는 최대한 밝은 어조로 대답했다.

"네. 바쁜 것 같은데 저도 도울게요."

"소마 군이랑 무슨 일 있었어요?"

'역시 가타리베 씨한테는 숨길 수가 없다니까.'

"아하하, 그게… 사소한 실수가 좀 있었는데."

사실은 치명적인 실수였지만 차마 그렇게는 말할 수 없었다.

"사소한 실수요? 글쎄요. 그렇지 않은 것 같은데요?"

그가 부드럽게 웃으며 문 쪽으로 시선을 돌렸다.

가타리베의 시선을 따라 고개를 돌리자, 무기의 눈에 숨을 헐떡이며 뛰어오는 소마가 들어왔다. 그 모습이 점점 커지더니 잠시 후 소마가 유리문을 벌컥 열고 가게 안으로 뛰어 들어왔다.

"어서 오세요. 스토리텔러가 있는 양과자점입니다."

가타리베가 우아하게 허리 숙여 인사하고 "오늘은 어떤 제품을 찾으시나요?"라고 묻자, 쌕쌕 콧김을 내뿜으며 거친 숨을 고른 소마가 무기를 똑바로 응시했다.

"무, 무기!"

가타리베가 그의 말을 받았다.

"아, 무기 양을 찾으시는군요. 그런데 지금 홀에 빈자리가 없네요. 무기 양, 어쩔 수 없으니 방으로 안내하면 어떨까요?"

무기의 머릿속이 다시 뒤죽박죽으로 얽히기 시작했다.

'소마가 가게에는 왜? 나를 만나러 온 건가? 혹시 따지러 왔나? 아니야, 소마는 그런 사람이 아니잖아. 그럼 도대체 왜?'

화가 나 보이지는 않았다. 다만 어딘지 굳은 결심을 한 사람처럼 보였다.

무기는 가타리베의 말대로 소마를 가게 위 3층에 있는 자기 방으로 데려갔다.

소파가 없어서 소마는 침대에 앉았고, 무기는 책상 의자에 앉아

무릎을 모으고 어깨를 웅크렸다.

'소마가 내 침대에 앉아 있어. 소마를 내 방으로 데려오다니, 어떡해….'

엄청난 실수를 저질러 놓고 두근두근 설레고나 있을 때가 아니었지만, 좋아하는 남자와 자기 방에 단둘이 있으니 염치없게도 심장이 터질 듯이 세차게 뛰었다.

일단은 아끼는 말이 지나쳤다며 미안하다고 사과부터 해야 했다. 하지만 무기가 쭈뼛쭈뼛 입을 열려고 하는 순간, 소마가 먼저 고개를 꾸벅 숙였다.

"무기, 미안해! 내가 너무 눈치가 없었어. 고마리한테는 사과했고 너한테도 제대로 사과하고 싶어서 할아버지 순서가 끝나자마자 바로 뛰어왔어."

"뭐? 요요기에서 여기까지?"

"아, 아니. 그건 아니고. 역까지는 지하철을 타고 왔지. 전력 질주한 건 역에서부터고…."

그렇다고 해도 역에서 가게까지는 걸어서 20분은 걸리는 거리다. 야구부 훈련으로 단련된 소마가 거칠게 숨을 몰아쉴 정도였으니 정말 쉬지도 않고 달려온 모양이었다.

"네 말이 맞아. 내가 눈치가 많이 없는 편이야. 전에도 어떤 여자애가 이런 사람인 줄 몰랐다면서 수학 교과서를 집어 던진 일이 있었어. 내가 잃어버린 교과서더라고, 그래서 찾아 줘서 고맙다고 했더니 이번에는 잃어버린 영어 교과서를 던지더라."

'아… 레이지가 말했던 스토커?'

"옛날부터 나도 모르게 원망을 사거나 경멸받는 일이 많았어.
자기 고양이한테 '소마'라는 이름을 붙여 주고 매일 밤 안고 잔다
고 했던 여자애가 갑자기 뺨을 때리면서 고양이 이름을 '프랑수와'
로 바꿨다고 소리 지른 적도 있고."

'그건 또 어떤 스토커야?'

"하루에 100통씩 메시지를 보내던 애한테 읽기 귀찮으니까 그
냥 말로 하라고 했더니 할 말 없다면서 울어 버리더라."

'소마, 너 도대체 스토커가 몇 명이었던 거야!'

무기는 저도 모르게 몸을 부르르 떨었지만, 소마는 이런 자신이
한심하다는 듯 시무룩한 표정을 지었다.

"분명 그 애들도 내가 눈치 없는 소리를 해서 상처받았던 거야.
이유를 물어봐도 다들 말해 주지 않아서 몰랐어. 그렇게 점점 얘
기할 일이 없어지고, 그러다 자연스레 멀어졌어."

일방통행에 가까운 소마의 사고방식을 깨달은 그 애들은 절망
하고 스스로 떠났을 것이다.

이쯤 되면 소마가 그렇게 스토킹을 당하면서도 본인은 당하는
지도 몰랐고, 멀쩡한 정신 상태를 유지할 수 있었던 건 기적에 가
까웠다.

"정확하게 내 잘못을 지적해 준 사람은 무기, 네가 처음이야. 내

가 뭘 잘못했는지 알려 줘서 정말 고마워. 넌 정말 좋은 친구야."

눈물이 핑 돌고, 코끝이 찡해졌다.

"나도 미안해. 안 그래도 말이 너무 지나쳤던 것 같아서 후회하고 있었어."

"무슨 소리야. 그렇지 않아. 앞으로도 다 말해 줘. 아, 다행이다. 네가 아직도 화나 있으면 어쩌나 했어. 나한테 정떨어져서 쳐다보기도 싫다고 하면 어쩌나 걱정했는데…."

소마가 이제야 한시름 놓았다는 듯이 말하고는 자기도 멋쩍었는지 고개를 숙였다. 그 모습에 무기의 가슴이 다시 콩콩 울리기 시작했다.

'우리 관계가 조금은 달라진 건가?'

"타르트 타탱도 못 먹었잖아. 아, 아까워."

하지만 이 상황에서도 케이크를 못 먹은 일을 진심으로 억울해하는 소마를 보고 바로 마음을 접었다.

'역시나 쉽게 변할 리가 없지.'

그래도 무기의 입가에는 이미 미소가 번져 있었다.

"타르트 타탱 아직 있어. 먹을래?"

"정말? 응! 먹을래."

소마의 얼굴에 바로 화색이 돌았다. 역시 이 미소가 문제다. 환하게 웃는 소마를 보면 저절로 행복해지는 제 마음을 무기도 어쩔 수가 없었다.

자신이 소마를 정말 많이 좋아한다는 사실만 확인했을 뿐이다.

무기는 책상 위에 두었던 타르트 타탱을 들고 일어섰다.

"2층 주방에서 잘라 올게. 차도 같이 가져와야겠다."

그렇게 무기가 2층으로 내려가는데 어쩐 일인지 근무 중인 가타리베가 연미복 차림으로 2층에 올라왔다. 그의 뒤로 얼굴을 잔뜩 구긴 레이지와 어깨를 축 늘어뜨린 고마리가 보였다.

"또 무기 양을 찾는 손님이 있어서요. 무기 양, 오늘은 인기가 많네요."

가타리베가 가볍게 던진 농담에 레이지가 짜증스럽게 입술을 삐죽였다.

"우연히 가게 앞을 지나가다가 집사 아저씨한테 끌려온 거야."

"두 분이 걱정스러운 얼굴로 가게 안을 들여다보고 계시기에."

"그, 그건."

가타리베의 지적에 레이지는 입을 다물었고 고마리는 어쩔 줄 몰라 하며 고개를 더 숙였다.

마음이 따뜻해졌다. 레이지만이 아니라 고마리까지 일부러 가게를 찾아왔다는 사실이 무기의 마음을 포근하게 했다.

"마침 잘 왔어. 우리 같이 타르트 타탱 먹자. 고마리, 너도 함께 먹자."

무기는 흠칫 어깨를 떠는 고마리에게 다정하게 말을 건넸다.

"우리 언니가 만든 타르트 타탱, 맛있어 보여서 사람을 홀린다고 했지? 실제로 먹으면 보는 것보다 훨씬 더 맛있어. 너도 푹 빠질걸?"

"나, 나는…."

고마리가 대답하지 못하고 머뭇거리자, 가타리베가 대신 공백을 채웠다.

"그럼, '달과 나'의 스토리텔러인 제가 특별히 파티시에의 동생인 무기 양의 손님들을 대접하도록 하죠. 바로 차를 준비할 테니 여러분은 거실에서 편안히 쉬고 계세요. 자, 찰랑찰랑한 검은 머리가 매력적인 숙녀분, 요정처럼 가볍고 가녀린 우리 숙녀분은 이쪽으로 앉으시죠."

그가 우아한 동작으로 식탁 의자를 빼고 고마리를 앉혔다.

고마리는 멍한 얼굴로 가타리베가 이끄는 대로 움직였고, 레이지의 목소리를 듣고 3층에서 내려오던 소마가 그 모습을 보고 감탄을 내질렀다.

"알았다! 저런 식으로 말하면 되는구나!"

가타리베가 주방 가스레인지로 물을 끓여서 홍차를 우리고, 타르트 타탱을 오븐에 넣어 살짝 데웠다. 그가 하얗게 거품을 낸 샹티를 곁들인 타르트 타탱을 익숙한 동작으로 우아하게 테이블에 내려놓았다.

"타르트 타탱은 실수로 만들어진 케이크랍니다. 19세기 프랑스의 작은 마을에서 호텔을 운영하던 타탱 자매가 실수로 타르트 틀에 반죽을 깔지 않고 바로 사과를 올려 오븐에 넣어 버렸죠. 도중에 반죽을 깜박했다는 사실을 깨닫고 원래는 밑에 깔아야 했던 반죽을 사과 위에 덮어서 다시 구웠답니다. 다 구워진 다음 반죽이 밑으로 가게 뒤집었는데, 사과가 그야말로 완벽한 광택을 띤 투명한 적갈색으로 빛나고 있었던 거죠. 녹아내린 사탕처럼 끈적하고 부드러운 식감이 만들어졌답니다."

나직한 목소리로 흘러나오는 이야기에 고마리가 빨려 들어갈 듯한 얼굴로 귀를 기울였다.

가타리베는 반질반질한 적갈색 사과 타르트를 모두가 지켜보는 앞에서 잘랐다. 단면도 반지르르 윤기가 흐르며 반짝반짝 빛나는 타르트는 그야말로 보석 같았다.

"저희 가게의 보름달 케이크 타르트 타탱은 큼지막하게 자른 사과에 버터와 갈색 설탕을 넣고 천천히 캐러멜화해서 풍부한 맛을 냈습니다. 그다음 틀에 사과를 빈틈없이 꽉 채워서 굽고 오븐에서 꺼낸 다음에 그대로 식혔다가 파이 반죽을 덮고 다시 굽죠. 다 구워진 타르트를 냉장고에서 하룻밤 식힌 후에 뒤집어서 완성합니다. 그렇게 완성한 케이크가 지금 여러분이 보시는 타르트 타탱이랍니다. 차가운 상태로 드셔도 맛있지만, 지금처럼 살짝 데워서 상큼한 향을 살리고 차가운 샹티와 함께 드시면 천상의 맛을 경험하실 수 있죠."

고마리는 새하얀 생크림을 곁들인 타르트 타탱을 괴로운 표정으로 바라보고 있었다.

먹고 싶어 참을 수가 없지만 '먹으면 안 돼, 먹으면 살찔 거야.'라며 갈등하고 있는 듯했다.

손을 배 위에 올린 고마리의 눈동자가 서글프게 흔들렸다.

그때 가타리베가 부드러운 어조로 이야기를 이어 갔다.

"이건 달이 들려준 이야기랍니다. …아주 섬세하고 예민한 여성이 있었습니다. 그녀는 실패를 굉장히 두려워했죠. 그래서 항상 실수하지 않도록 신중하고 조심스럽게 행동했습니다. 스스로 자기 자신에게 저주를 걸면서까지요."

고마리의 눈시울이 붉게 물들어 갔다.

가슴을 울리는 목소리로 들려주는 가타리베의 이야기 속 여자가 자신과 비슷하다고 생각했기 때문일까?

전에 살이 쪘을 때는 필사적으로 식단을 관리해서 살을 빼야 했겠지만, 지금은 그럴 필요가 없었다. 그런데도 고마리는 다시 살이 찔까 두려워서 먹는 것 자체를 무서워하게 된 듯했다.

멘치카츠 정식도, 달콤한 케이크도, 사실은 먹고 싶었지만 먹으려고 하면 배가 아팠고, 그러다 보니 겁이 났을 수도 있다.

"하지만 스스로 건 저주이니 언제든지 스스로 풀 수 있죠. 실패를 두려워하던 그녀도 달을 올려다보며 걷기 시작했습니다. 그러자 그녀의 세상이 완전히 뒤바뀌었답니다. 타탱 자매의 실수로 태어난 타르트 타탱처럼 말이죠. 그녀에게 실패는 성공으로 가는 과정에 불과했던 겁니다."

'나도 그렇게 될 수 있을까?'

고마리는 간절한 바람이 담긴 눈으로 반짝반짝 빛나는 타르트 타탱을 바라보았다. 배에 올리고 있던 손을 들어 포크를 향해 뻗었다. 무기와 소마, 레이지까지 모두가 숨을 죽이고 고마리를 지켜봤다.

나아가던 손이 두려운 듯 다시 멈췄다. 그 순간 하늘에서 내려오는 울림처럼 힘차고 또렷한 목소리가 울렸다.

"드셔 보세요. 타르트 타탱은 계절상품이랍니다. 1년 중 사과가 제일 맛있고 예쁜 색을 띠는 지금, 이 시기에만 먹을 수 있는 최고의 케이크죠. 이 기회를 놓치면 1년 뒤에나 다시 만날 수 있답니다. 눈앞에 있는 지금, 그 유혹에 넘어가 보세요."

그녀의 손이 다시 움직였다.

윤기가 흐르는 사과 위로 조심스럽게 포크를 찔러 넣었다가 그대로 떠서 캐러멜화된 투명한 적갈색 케이크를 입안에 넣었다.

다음 순간, 고마리의 눈이 크게 벌어졌다.

눈가가 촉촉이 젖어 가는 사이 천천히 턱을 움직여 케이크를 씹어 넘긴 그녀는 감동 어린 목소리로 중얼거렸다.

"맛있어….."

한 입, 그리고 또 한 입, 소중하고 소중하게 케이크를 먹었다.

보고 있던 소마도 더는 참지 못하고 큰 조각을 포크로 푹 찍어

올렸다.

"우와! 맛있어!"

입안 가득 케이크를 밀어 넣은 소마가 놀란 듯 찬사를 쏟아 내기 시작했다.

"사과 맛이 진짜 진하고 입에 착 감겨! 거기에 산미까지 있어서 뭐랄까? 상큼해! 생크림이랑 같이 먹으니까, 우와! 대박! 따뜻하면서도 시원한 느낌, 최고야!"

"당연하지. 도카 누나가 만든 케이크니까."

호들갑 떨지 말라는 듯 점잖게 말했지만, 레이지도 입에 넣자마자 "우와…." 하고 감탄을 터트렸다. 무기는 레이지가 멍해진 표정을 감추려고 황급히 얼굴을 굳히는 걸 똑똑히 봤다. 피식 웃음이 새어 나왔다.

'레이지, 언니한테 네가 타르트 타탱을 정말 맛있게 먹었다고 꼭 전해 줄게.'

타르트 타탱 한 조각을 다 먹은 고마리는 한동안 넋이 나간 듯이 멍하니 허공만 바라보다가 머뭇머뭇 무기에게 사과의 말을 꺼냈다.

"지금까지 내가 한 짓… 미안해. 너한테 했던 말들은 그냥 그렇게 됐으면 좋겠다는… 내 바람 같은 거였어. 사실이 아니야."

자기 입으로 꺼내기 부끄러운 말이었는데도 고마리는 제대로 사과했다.

사과를 받았으니 무기도 그동안 맺힌 감정 따위 깔끔하게 지워
버리지 못할 이유가 없었다.

"괜찮아. 감정이 격해지다 보면 말이 과장되게 나올 때가 있잖
아. 나도 그런걸."

무기가 웃으며 괜찮다고 말하자, 고마리는 와락 얼굴을 구기고
울먹였다.

"타르트 타탱도… 고마워. 사실 처음 봤을 때부터… 먹어 보고
싶었어."

그러고는 작게 미소 지었다.

앞으로는 고마리도 먹고 싶은 음식을, 타르트 타탱은 물론 다른
달콤한 과자들도 맛있게 먹을 수 있지 않을까? 무기는 분명 그럴
거로 생각했다.

☾ ◑ ○

"아아, 타르트 타탱 정말 맛있었어!"

소마가 만족스러운 얼굴로 저녁 하늘을 올려다봤다. 가게 유니
폼 위에 코트를 걸친 무기는 소마와 함께 조용한 주택가를 걷는
중이었다.

중간까지는 레이지와 고마리도 함께였지만, 지금은 둘뿐이다.

"또 먹으러 와."

"웅! 엄마한테도 사 오라고 할 거고, 가게에도 또 올게! 자주 올 거야. 아, 그런데 이제 그만 돌아가. 이러다 네가 우리 집까지 바래다주면 이번에는 내가 너희 집까지 바래다줘야 하잖아. 아, 아니다. 그냥 우리 집에서 저녁 먹고 갈래?"

"뭐? 아니야. 갑자기 가는 건 실례야."

"에이, 우리 엄마 성격 알잖아. 손님 오는 거 좋아하서. 너라면 대환영하실 거고."

'소마네 집이라… 가고 싶어. 나도 가고 싶은데….'

그래도 오늘은 아니라는 생각이 들었다.

"다음에, 다음에 꼭 갈게."

'내가 네 여자 친구가 되면 그때….'

"그래? 알았어. 그럼, 내일 학교에서 보자."

그렇게 인사한 소마는 집을 향해 앞서 달려갔지만, 금세 멈춰 서더니 다시 돌아왔다. 다시 무기 앞에 선 소마는 저녁노을 빛으로 물든 얼굴로 평소와는 다르게 조금 진지했다.

"오늘… 역에서 가게로 뛰어가면서 생각했어. 너랑 지금처럼 지내지 못하게 되는 건 절대 싫다고. 네 마음이 달라지지 않아서 정말 다행이야."

표정도 평소와 달리 어딘지 어른스러웠다. 무기의 심장이 쿵쿵 터질 듯이 뛰었다.

소마가 멋쩍은 얼굴로 "갈게."라고 말하고 몸을 돌렸다.

무기는 한동안 그대로 서서 이제 곧 어른이 될 듬직한 그의 뒷모습을 바라봤다.

사과처럼 빨갛게 물든 얼굴로.

실패라고 생각했는데 반전이 있었다. 역시 조금은 달라졌을까?

티타임

방심은 금물!
촘촘한 반죽으로 구운 퍽퍽한
'호박 스콘'

"레이지, 너⋯ 무기를 좋아하는 거지? 체육관에도 그래서 온 거잖아. 무기가 소마랑 단둘이 있는 게 신경 쓰여서."

무기네 집을 나와 각자의 집으로 돌아가는 길.

소마랑 무기와 헤어지고 나자 레이지와 고마리 사이에는 어색한 침묵만 흘렀다.

레이지는 어차피 앞으로는 얽힐 일도 없을 테고, 이미 본 모습을 보인 이상 더는 고마리에게 친절할 필요 없다고 생각했다. 딱히 친하게 지내는 친구도 없는 듯했고 반 애들하고 수다를 떠는 타입도 아니니 레이지가 실제로는 다정한 왕자님이 아니라 입버릇이 고약하고 성격이 괴팍한 애라고 떠벌리고 다닐 가능성은 희박했다.

게다가 체육관에서 잔인한 지적을 듣고 젓가락같이 가느다란 몸을 떨며 눈물까지 흘렸으니 당연히 더는 자신과 엮이고 싶어 할 리 없다고 생각했다.

그랬는데… 지금 고마리가 기어들어 가는 목소리로 소심하게 꺼낸 말에 레이지의 눈이 튀어나올 듯 벌어졌다.

'무기? 도카 누나가 아니고 무기? 내가 무기를 좋아한다고?'

레이지는 유치원생 시절부터 도카만을 바라본 일편단심인데, 이 무슨 말도 안 되는 오해란 말인가!

"오해야. 무기랑은 어릴 때부터 친구라 편하게 지내는 것뿐이지 단 한 번도 이성으로 생각한 적 없어."

레이지는 다시 '우등생 레이지 왕자님' 가면을 쓰고 차분하게 사실을 바로 잡았다.

"반 애들이… 하는 말을 들었어. 네가 무기 언니가 하는 가게에 자주 간다고…. 가게 유니폼을 입은 무기를 보러 가는 거잖아. 그 가게 유니폼, 꽤 귀여우니까."

'나는 무기가 아니라 도카 누나를 보러 가는 거야! 내가 좋아하는 사람은 무기가 아니라 도카 누나란 말이야!'

하지만 고마리에게 굳이 그 사실을 밝힐 이유는 없었다.

"무기가 좋아하는 사람은 따로 있어."

"알아. 소마잖아. 너는 소마 친구니까 무기한테 네 마음을 밝히지 못하는 거고."

이 애의 망상은 도대체 어디까지 뻗은 걸까? 레이지는 이제 머리까지 어지러웠다.

'아, 몰라. 무시하자.'

"너랑… 무기가 잘 되길 빌어 줄게."

"뭐?"

"그러니까 나랑 소마가 잘되게 네가 좀 도와줘. 내가 소마랑 진짜로 사귀면 너한테도 좋은 일이잖아."

레이지는 이미 무기와 서로의 사랑을 밀어주는 동맹을 맺었다. 하지만 고마리에게도 똑같은 제안을 받을 줄은 꿈에도 몰랐다.

"너… 소마, 포기한 거 아니었어? 귀이개라는 말 듣고 충격받았잖아."

"응. 충격받기는 했어. 하지만 소마가 진심으로 사과했잖아. 학생 식당에서 소마가 날 도와줬을 때는 진심으로 기뻤는걸."

역대 스토커들처럼 조용히 사라질 줄 알았는데 예상외의 복병이었다.

"앞으로는… 혼자 제멋대로 굴지 않고… 진지하게 천천히 다가갈 거야. 나 노력할 거야. 그러니까 레이지, 나 좀 도와줘."

'무슨 노력을 한다는 거야. 제멋대로 상상하는 버릇은 전혀 고쳐지지 않았잖아.'

레이지는 협조할 생각이 전혀 없었지만, 고마리는 제 편이 생겨 든든하다는 듯이 눈꼬리를 부드럽게 휘었다. 무기의 집을 나오기 전 2층까지 인사하러 온 도카에게 선물로 받은 단호박 스콘 봉투를 빈약한 가슴에 꼭 끌어안고 동경 어린 목소리로 말을 이었다.

"무기네 언니… 정말 예쁘고 상냥하시더라. 꼭 달의 여신 같았어."

"단호박 스콘이야. 집에 가져가서 먹어. 반죽이 촘촘해서 약간 퍽퍽한 과자니까 목메지 않게 음료랑 같이."

도카는 다정하게 웃으며 투명한 포장지로 감싸고 바다색 리본으로 묶은 반달 모양의 스콘을 모두에게 나누어 주었다.
레이지도 스콘을 받았다.

"레이지, 지난번에 네가 사 간 캐러멜 잼을 발라 먹어도 맛있을 거야."

도카가 초승달처럼 가늘게 접힌 눈으로 레이지를 바라보며 꽃잎 같은 입술로 포근하고 다정하게 속삭였다.
생각만 해도 심장이 터질 것처럼 뛰었다.
하지만 도카를 떠올리며 달콤한 상념에 젖어 가던 레이지를 고마리의 목소리가 다시금 현실로 끌어냈다.
"스토리텔러 집사 아저씨도 너무 멋있더라. 언니랑 그 집사 아저씨, 정말 잘 어울리는 커플이야."
이 발언만은 그냥 넘길 수가 없었다.

"누나는 사귀는 사람 없어. 그 집사랑도 그런 사이 아니고."

"그래? 하지만 언니가 집사 아저씨를 바라보니까 집사 아저씨도 언니를 보고, 둘이 눈을 맞추고서 환하게 웃었는걸. 너무너무 행복해 보였어. 말하지 않아도 마음이 통하는 사람들처럼. 두 사람은 서로 좋아하고 있는 게 확실해."

고마리 때문에 떠올리기 싫은 장면까지 생각나 버렸다. 서로를 바라보며 미소 짓던 두 사람은 레이지의 눈에도 확실히 가까워 보였다. 도카는 마치 사랑에 빠진 사람처럼 행복한 얼굴로 초승달 모양의 분홍색 피어싱을 손가락으로 만지작거렸다.

"나도 소마랑 그런 커플이 되면 얼마나 좋을까…."

'커플 아니라고!'

고마리와 헤어지고 집에 돌아와서도 여전히 화가 가라앉지 않은 레이지는 혼자 자기 방에 틀어박혀서 단호박 스콘 포장지를 거칠게 뜯고, 입안 가득 욱여넣었다.

촘촘한 반죽에서 밀가루와 버터 향이 올라오고, 이어서 호박의 깊고 진한 단맛이 입안에 퍼졌다. 도카가 만들었으니 당연히 맛이 없을 리 없었지만, 정말 화가 날 정도로 맛있었다.

'제길, 이건 또 왜 이렇게 맛있는 거야! 읍! 컥! 쿨럭, 쿠럭!'

그 순간 스콘이 목에 턱 걸려 버렸다. 퍽퍽한 과자이니 음료와 함께 먹으라는 도카의 말을 깜박한 레이지에게 현실은 마지막까지 잔인했다.

달콤하고 시원한 푸딩, 쫀득하면서도
부드럽게 녹아내리는
'히오레'

가타리베의 상태가 심상치 않았다. 아침에 다른 직원들이 출근하기 전, 주방에서 도카와 둘이 오늘의 메뉴를 정할 때부터 어딘지 평소와 달랐다.

　"오늘의 보름달 케이크는 마스카르포네Mascarpone 크림치즈 케이크로 하려고요. 샹티로 사르르 녹는 눈 뭉치를 만들어서 케이크 위에 장식하면 어떨까요? 눈이 쌓여서 온 세상을 하얗게 덮은 것처럼요."

　"크리스마스가… 다가오고 있으니까, 순백의 케이크도 좋을 것 같군요."

　"그리고 반달은 딸기와 피스타치오로 만든 프레지에Fraisier가 어떨까요? 무슬린Mousseline 크림을 굳혀서 단맛을 올려 봤어요."

　"붉은색과 녹색이라… 크리스마스 색이네요. 좋습니다."

"초승달 케이크로는 초승달 모양 용기에 담은 히오레Riz au lait
를 준비했어요. 쌀에 우유를 넣고 끓인 다음에 설탕과 생크림을
넣어서 차갑게 식힌 프랑스식 라이스 푸딩이에요. 국내에는 별로
알려지지 않은 디저트이기는 하지만…."

"아닙니다… 크리스마스 분위기가 나서 좋을 것 같네요. 아, 그
러니까 어느 면이 크리스마스를 생각나게 하느냐면… 아, 눈처럼
하얀색이 말이에요."

"아… 생강으로 만든 노란 콩피튀르로 위를 덮을 거라서 그렇게
하얗지는 않을 텐데…. 콩피튀르는 빼는 게 좋을까요?"

"아니요. 부드러운 금빛도 크리스마스에… 어울리죠."

'또 크리스마스?'

확실히 12월에 들어서자, 슈톨렌Stollen과 크리스마스 한정 쿠
키 세트 주문이 밀려들어서 가게가 정신없이 바쁘기는 했다.

가게 분위기도 새롭게 바꾸었다. 초콜릿과 쿠키로 만든 달 모양
의 크리스마스 장식품을 시작으로 서양배를 비롯한 각종 말린 과
일과 견과류를 꽉 채워 구운 초승달 베라베카Berawecka, 슈거 파
우더를 듬뿍 뿌린 반달 모양의 판도르Pandoro, 향신료와 과일잼을
가득 넣어 한입 크기로 만든 보름달 민스파이Mince pie까지 다양
한 크리스마스 시즌 제품들로 진열대를 채웠다.

지난달부터 받기 시작한 크리스마스 케이크 예약 주문도 눈 깜
짝할 사이에 예상했던 수량에 도달하는 바람에 급히 계획을 수정

했을 정도였다.

"파티시에, 너무 힘들지 않을까요?"

"괜찮아요. 이렇게 많은 분이 제가 만든 크리스마스 케이크를 드신다고 생각하면 너무 행복한걸요."

"그럼, 파티시에가 과로로 쓰러지지 않도록 제가 옆에서 유심히 지켜보겠습니다. 제가 안 된다고 강제로 말리지 않을 정도로만 힘내 주세요."

가타리베는 다정하게 웃으며 그렇게 말했다.

도카도 그가 옆에서 지켜봐 준다면 아무리 힘들어도 버틸 수 있다고 생각했고, 무엇보다 '달과 나'가 새로 단장한 이후로 처음 맞이하는 크리스마스인 만큼 자신감을 가지고 활기차게 맞이하고 싶었다. 그런데….

'아무리 봐도 오늘 가타리베 씨가 좀 이상해.'

메뉴에 관한 생각을 말하는 그의 목소리가 평소와는 달리 진지하지도 않고, 어딘지 생기가 없었다. 의견도 짧았고, 무엇보다 계속 크리스마스, 크리스마스만 되풀이했다.

그러고 보니 크리스마스 시즌 제품의 인터넷 판매부터 파트타임 직원들의 근무 일정 조정, 수량을 늘린 크리스마스 케이크 재료 수급까지 전부 그가 맡고 있었다. 그 밖에 다른 일들까지 쌓여

정작 무리하고 있는 사람은 가타리베일지도 몰랐다.

사실은 도카보다 그가 몇 배는 과로하고 있었던 건 아닐까? 안색도 좋지 않았고 핏발이 선 눈에, 표정도 어딘지 몽롱해 보였다.

'저거 봐. 지금도 비틀비틀… 뭐? 비틀?'

그 순간 도카의 눈앞에서 가타리베가 휘청하며 비틀거렸다.

"…!"

도카가 쓰러지려는 그를 부축하려고 재빨리 손을 뻗었지만, 아슬아슬하게 몸을 튼 그가 두 손으로 벽을 짚고 기댔다.

"죄송합니다. 발밑이 미끄러워서 그만. 버터라도 떨어져 있었나 보네요."

흐트러진 앞머리가 흘러 내려와 이마를 가렸다.

도카가 덥석 가타리베의 손목을 잡았다. 금세 열기가 전해질 만큼 뜨거웠다.

"가타리베 씨, 열이 나잖아요!"

"저는 원래 체온이 높은 편입니다."

"아니요. 그냥 체온이 높은 정도가 아니에요. 이마도 펄펄 끓고 있다고요."

"주방 온도가 너무 높은지도 모르죠."

그는 끝까지 괜찮다며 몸을 바로 세우려 했지만, 다시 휘청이며 몸을 가누지 못했다. 결국 제 상태를 인정할 수밖에 없었다.

가타리베가 흘러내린 앞머리 사이로 도카를 보며 정중하게 양해를 구했다.

"파티시에, 정말 죄송합니다만 오늘은 파티시에를 도울 수 없을 것 같습니다. 급히 몸 상태를 점검해야 할 듯하니 오늘 하루만 쉬 겠습니다."

☾ ◐ ○

"네? 가타리베 씨가 병가를 냈어요?"

출근한 이쿠토가 눈을 동그랗게 떴다.

"가타리베 씨는 워낙 자기 관리가 철저한 사람이니까 감기 같은 건 절대 안 걸릴 줄 알았는데…. 저한테도 크리스마스가 지나갈 때까지는 쉬기 어려울 테니 체력 관리 잘하라고 하면서 빨리 독감 예방 접종부터 하라고 했다고요. 병원에서 접종 확인서를 떼 오면 가게에서 경비로 처리해 주겠다고 하셨는데."

파트타임 직원들도 다들 한마디씩 걱정을 보탰다.

"도카 씨, 그래서 병원에는 갔다 온 거야?"

"가타리베 씨가 직접 쉬겠다고 말할 정도면 보통 몸이 안 좋은 게 아닌가 봐요."

"12월이 되고 정말 바빴잖아. 쉬는 시간에도 인터넷 판매 때문 에 옆 건물 사무실에 가서 계속 일하는 거 같더니만."

도카도 그가 걱정돼서 안절부절못했다.

"본인은 상비약을 먹고 하루 쉬면 괜찮을 거라고 하는데…."

가타리베는 가게 옆 아파트에 있는 집에 갈 때도 도카가 부축해 주려고 했지만 거절했다. 비틀거리면서도 끝까지 자기 발로 걸어서 혼자 집으로 돌아갔다.

"지금은 일분일초가 중요한 시기예요. 오픈 준비를 부탁드립니다. 파트타임 직원들한테 오늘은 일정보다 일찍 출근해 달라고 부탁해 두겠습니다."

도카가 자신이 연락하겠다고 했지만 그마저도 고개를 저었다. 가게 운영을 담당하는 자기가 해야 할 일이라며 한사코 거절했다.

"괜찮은지 보러 오실 필요 없습니다. 집에 가서 푹 잘 생각이니까 초인종이 울려도 나가지 못할 거예요."

"그렇게 걱정스러운 얼굴로 보지 마세요. 제 몸은 제가 제일 잘 압니다. 몇 년에 한 번씩 이럴 때가 있어요. 오늘이 그날인가 봅니다. 그래도 크리스마스와 겹치지 않아서 천만다행이네요."

"가타리베 씨는 꼭 로봇 같아요. 고성능 만능 로봇! 몸 관리도 스스로 하고, 이상이 생겨도 전혀 동요하지 않잖아요."

이쿠토는 감탄하듯 말했지만, 후미요는 걱정스럽다는 듯 덧붙였다.

"도카 씨, 그래도 가서 들여다봐야 하지 않을까? 가타리베 씨는 로봇이 아니라 인간이야. 열이 나서 괴로운데 혼자 밥까지 챙겨 먹어야 하면 얼마나 서럽다고."

다른 파트타임 직원들도 고개를 끄덕였다.

"그렇겠죠? 역시 제가 있다가 가 봐야겠어요."

하지만 크리스마스를 앞둔 12월의 제과점은 잠시 숨 돌릴 틈도 없이 바빴다. 도카는 크리스마스 케이크를 만들 재료도 구매해야 했고, 가게에서 팔 슈톨렌과 인터넷으로 판매할 크리스마스 쿠키 세트도 만들어야 했다. 그것 말고도 처리해야 할 일들이 산더미라 점심도 거른 채 일에 매달려야 할 정도였다.

얇게 썬 슈톨렌을 맛보면서 허기를 달래고 아침부터 한 번도 앉지 못하고 일했지만, 도저히 짬이 나지 않았다.

어쩔 수 없이 학교를 마치고 일을 도우러 온 무기에게 대신 가타리베 집에 가서 상태를 봐 달라고 부탁할 수밖에 없었다.

가타리베가 몸이 안 좋아서 조퇴했다는 말에 무기도 깜짝 놀라 바로 케이크 재료로 들어온 사과와 오렌지를 챙겨 들고 가게를 나섰다.

하지만 금방 다시 가게로 돌아왔다.

"잠들었나 봐. 초인종을 눌러도 대답이 없어."

깊이 잠들어서 못 듣는 상황이라면 끈질기게 벨을 눌러서 깨울 수는 없다. 하지만 만약 쓰러지기라도 했다면?

도카는 불길한 상상을 떨칠 수가 없어서 머리가 어지러웠다.

하지만 결국 가게 영업을 마치고 잔업까지 끝낸 다음에야 겨우 가타리베의 집으로 향할 수 있었다.

해는 진즉에 저물었고 차가운 하늘에 떠 있는 달마저 추워 보이는 밤이다.

도카는 작업용 셰프복 차림 그대로였다. 가타리베가 걱정된 나머지 집에 올라가 옷을 갈아입을 여유조차 없었다.

아파트 1층에 '달과 나'의 사무실을 마련했지만, 가타리베는 3층에 따로 집을 빌려 살고 있었다. 오래된 아파트라 엘리베이터도, 1층 자동 출입문도 없는 곳이다. 도카는 계단을 걸어 올라가 그의 집 앞에 섰다.

'가타리베 씨가 깨어 있으려나…? 딱 두 번만 초인종을 눌러 보고 답이 없으면 돌아가자.'

에취! 에취! 훌쩍.

날이 추워서인지 갑자기 재채기가 나오는 바람에 도카는 코를 훌쩍이며 초인종을 눌렀다.

그러자 안에서 우당탕 요란한 소리가 들리고 잠시 후 현관문이 벌컥 열렸다. 앞머리를 내려 이마를 가리고 단추가 세 개나 풀린 구깃구깃한 셔츠를 걸친 가타리베가 나타났다.

그가 당황한 얼굴로 대뜸 물었다.

"왜 그래요?"

"네? 아니, 저기… 괜찮으신지 궁금해서…. 오지 말라고 하셨는데 귀찮게 해서 죄송해요. 그런데 너무 걱정돼서."

다시 힘이 빠진 모양인지 가타리베가 휘청했다.

도카에게 부딪치지 않도록 현관문 틀을 한 손으로 잡고 버틴 그가 고개를 떨군 채 잠긴 목소리로 간신히 대답했다.

"그랬군요. 파티시에가 재채기하는 소리가 들린 것 같아서… 감기라도 걸리신 줄 알고…."

제 재채기 소리가 그렇게 컸나 싶어서 부끄러워진 도카가 얼굴을 붉히며 조용히 물었다.

"오늘 해야 할 일들은 전부 처리했어요. 저… 잠깐 안으로… 들어가도 될까요?"

하지만 대답을 듣기도 전에 가타리베가 다시 비틀거리는 바람에 도카는 황급히 그를 부축했다.

"들어갈게요. 실례하겠습니다."

가타리베를 부축한 채로 신발을 벗고 일단 그를 침실로 데려가 침대에 눕혔다.

그의 집에 들어온 건 처음이었다.

연미복이 의자에 대충 걸쳐져 있었고, 침대 옆 협탁에는 뚜껑이 열린 1리터짜리 생수병이 그대로 방치되어 있었다.

잠옷으로 갈아입을 기력도 없어서 간신히 연미복만 벗고 셔츠

차림으로 침대에 쓰러져 있었던 건지 셔츠도 엉망으로 구겨져 있었다.

"식사는 하셨어요?"

"물은… 마셨습니다."

"물만 드셨단 말이에요?"

"약도 먹었습니다. 열도 내렸으니 이제 괜찮아요."

도카는 그의 이마에 살며시 손을 올렸다.

"아직 뜨거워요."

"그런가요? 내린 줄 알았는데… 해열제 약효가 떨어진 모양입니다. 또 먹으면 돼요."

그가 침대에서 일어나려고 하기에 도카가 황급히 어깨를 눌러 다시 눕혔다.

"제가 가져다 드릴게요. 어디 있어요?"

"아마… 저기, 바닥에 떨어져 있을 겁니다. 나중에 주우려고 했었는데…."

바닥을 보니 그의 말대로 약상자가 떨어져 있었다.

'떨어뜨린 약을 줍지도 못할 만큼 아팠구나.'

도카는 아픈 그를 두고는 이대로 돌아갈 수 없었다.

"약 먹기 전에 뭐라도 좀 먹어야 해요."

약상자를 주워 든 도카는 우선 가게에서 가져온 것들을 협탁에 꺼내 놓았다.

사과와 오렌지, 말린 과일과 마들렌, 다쿠아즈와 초승달 모양 용기에 담은 히오레가 협탁 위에 놓였다.

"히오레는 쌀이랑 우유, 설탕으로 만드니까 열이 나도 먹을 수 있을 것 같아서 가져왔어요. 하지만 역시 제대로 죽을 끓여 먹는 편이 나을까요? 아니면 사과를 갈아서 벌꿀을―."

베개에 머리를 댄 채로 도카가 손에 든 초승달 히오레를 바라보던 가타리베의 눈매가 부드럽게 휘었다.

"히오레가 좋겠네요. 파티시에가 만든 히오레를 먹고 싶어요."

"그럼, 따뜻한 차랑 같이 드세요. 홍차도 가져왔어요."

"네."

"천천히 일어나 보시겠어요?"

도카는 땀으로 젖어 축축해진 가타리베의 등을 손으로 받쳐서 그가 침대에 기대앉을 수 있도록 도왔다.

보온병을 열어서 뚜껑에 홍차를 따르고 벌꿀을 넣자, 따뜻한 김을 타고 베르가모트와 벌꿀 향이 주변으로 퍼져 나갔다.

가타리베는 도카가 건넨 홍차를 두 손으로 받아서 편안한 표정으로 한 모금 넘겼다.

"얼그레이군요. 깔끔하고 산뜻해요. 벌꿀 향이… 마음을 편안하게 해 주네요."

도카는 침대 옆에 무릎을 꿇고 앉았다. 그녀가 노란 생강 콩피 튀르로 덮인 히오레를 반짝이는 은빛 스푼으로 떠서 가타리베의 앞으로 내밀었다.

"아, 하세요."

"제가… 먹겠습니다."

"손에 홍차를 들고 계시잖아요."

도카가 손을 물리지 않고 계속 올려다보고 있자, 가타리베가 어쩔 수 없다는 듯 천천히 몸을 숙여 스푼을 입에 물었다.

목울대가 작게 올랐다 내렸다.

"부끄럽네요."

히오레를 삼킨 그가 고개를 들고 작게 중얼거렸다.

"그래도 달고 시원해서… 좋네요. 뭉근하게 퍼진 쌀에 우유와 설탕, 생크림이 잘 어우러져서… 아주 편안한 맛이 나요…. 생강 콩피튀르의 알싸한 맛이 딱 알맞게 포인트를 주네요. 조금 더 먹을 수 있을까요?"

"그럼요."

도카가 내민 스푼에 담긴 달콤한 히오레를 한 입 더 삼킨 가타리베는 히오레에 얽힌 이야기를 시작했다.

"히오레는 프랑스어로… 쌀과 우유라는 뜻이죠. 옛날에는 약으로 먹기도 했는데… 프랑스의 유명한 요리사 앙투안 카렘의 레시피를 보면… 살구 소스를 첨가해서…, 아, 이런, 그건 뒤부아의 레시피였던가요? 프랑스에서는 가정집에서 자주 먹는 디저트로… 슈퍼에서도 요구르트처럼 포장 용기에 넣어 팔기도 하죠…. 이른

바 프랑스의 국민 간식…, 아, 아니, 그 정도까지는 아닐까요? 그러니까 히오레는 그…."

열 때문에 몽롱해서 잘 떠오르지 않는 모양이었다. 평소에는 도카보다 훨씬 어른스럽고 듬직했던 가타리베가 약해진 모습을 보자 그녀의 마음이 가늘게 떨렸다.

"히오레는 프랑스에서 엄마의 맛으로 통해요. 어릴 때부터 자주 먹던 익숙하고 그리운 맛이죠."

도카는 가타리베 대신 히오레에 관한 이야기를 풀어 놓았다. 가타리베만큼 멋지게 이야기할 자신은 없었지만….

"집마다 그 집만의 레시피가 있다고 해요. 설탕을 많이 넣는 집도 있고, 사과를 데쳐서 넣는 집도 있고, 벌꿀과 캐러멜 소스를 넣는 집도 있죠."

"히오레는… 엄마의 맛이군요…. 어쩐지 저도 어린아이로 돌아간 기분이네요."

언젠가 그에게 아버지의 얼굴은 본 적도 없고 어머니는 두 살 때 돌아가셨다는 말을 들었다. 가타리베는 다이몬 사장이 그의 스토리텔링 재능을 알아보고 양아들로 삼기 전까지 보육 시설에서 자랐다.

그는 어머니에 관해 어떤 기억을 간직하고 있을까. 문뜩 떠오른 생각에 도카의 마음도 공허해지고 가슴 한편이 아릿하게 저렸다.

초승달 모양 용기를 다 비운 가타리베는 도카가 건넨 약을 먹고 다시 침대에 누웠다.

"파티시에… 그만 가 보셔야죠. 전 괜찮습니다. 금방 약기운이 돌 거예요."

"조금만 더 있다가 갈게요. 가타리베 씨가 잠들면요."

"그럼… 열쇠는 거실 수납장 위에 둔 것 같은데, 제가 잠들면 그 열쇠로 현관을 잠가 주시겠습니까. 열쇠는 내일 가게에서 돌려주셔도…."

"네, 그렇게 할게요. 저는 신경 쓰지 말고 푹 쉬세요."

가타리베는 눈을 감았지만 열이 떨어지지 않아서 괴로운지 숨이 거칠었고 목소리도 갈라졌다.

"제가 제 몸을 너무 믿었네요. 파티시에한테까지 걱정을 끼치다니, 정말 한심하기 짝이 없어요."

그렇게 말하는 그가 너무나 약해 보여서 도카는 잠시라도 그의 엄마가 되어 어린아이가 된 그를 다정하게 보살펴 주고 싶었다. 항상 자신을 도와주고 지켜 주던 그에게 고마웠던 마음을 전하고도 싶었다.

그가 약해지고 자신감을 잃은 지금이야말로 꼭 그래야 했다. 지금까지 그가 언제나 도카에게 힘이 되어 주었던 것처럼.

"이건… 제가 달에게 들은 이야기인데요."

도카는 고요한 밤, 엄마가 아이에게 그림책을 읽어 주듯이 잔잔하고 부드러운 목소리로 이야기를 시작했다.

가타리베가 다시 눈을 뜨려 하기에 손으로 그의 눈을 가만히 덮었다.

"역에서 한참 떨어진 주택가 한구석에서 제과점을 하는 여자가 있었어요. 직원은 그녀 혼자뿐이었고… 낡은 쇼케이스에는 며칠씩 두고 팔 수 있는 평범한 갈색 과자들만 진열되어 있었죠. 그마저도 전혀 팔리지 않았지만요. 그녀는 자신이 촌스럽고 시시한 사람이라고 생각했어요. 겁이 많고 소심한 성격이라 항상 어두운 낯빛으로 고개를 푹 숙이고 다녔거든요. 과자를 파는 직원이 그 모양이었으니 손님들이 찾지 않는 것도 당연했죠."

잠시 도카의 잔잔한 이야기가 멈추었지만, 이내 다시 이어졌다.

"그래도 매년 크리스마스가 다가오면 그녀도 조금은 희망을 품었답니다. 크리스마스는 1년 중에 사람들이 제과점을 가장 많이 찾는 날이니까요. 크리스마스라면 그녀의 가게에도 누군가 케이크를 사러 올지도 모른다고 생각했죠. 평소에는 팔리지 않은 케이크를 버려야 할 때마다 가슴이 너무 아파서 아예 만들지 않았지만, 12월 24일, 크리스마스이브에는 그녀도 생크림을 듬뿍 바른 케이크를 만들었어요. 싱싱한 딸기를 올리고 설탕으로 만든 집과 산타클로스로 장식한 케이크를 만들어 두고 손님이 오기를 기다렸답니다. 그녀는 크리스마스의 기적을 믿었거든요."

부드럽지만 포근한, 그러면서도 어딘가 슬픈 어조였다.

"하지만 케이크와 치킨 상자를 든 사람들은 행복한 표정으로 가게 앞을 지나쳐 갈 뿐이었어요. 이브에도, 크리스마스 당일에도 그녀의 케이크는 쇼케이스 안에 그대로 남아 있었답니다. 기적은 일어나지 않았죠."

무기는 말라 버린 생크림 케이크를 맛있게 먹어 주었지만, 다 먹을 수는 없었으니 나머지는 결국 버려야 했다.

온몸을 짓누르는 슬픔에 견디기가 힘들었다. 자신이 만든 과자 따위는 아무도 먹고 싶어 하지 않는다는 생각에 어디론가 숨고만 싶었다.

"하지만 눈이 소복이 쌓였던 2월의 어느 날 아침, 그녀는 스토리텔러를 만났답니다."

눈에 미끄러져 넘어졌는지 한 남자가 가게 앞에 정신을 잃고 쓰러져 있었고, 깜짝 놀란 도카는 구급차를 불렀다. 며칠 뒤에 다시 가게를 찾아온 그 남자는 도카의 구움과자를 먹어 보고는 뜬금없이 가게를 같이 운영해 보자고 했다.

"그날부터 매일 기적이 일어났어요. 그녀는 그와 함께 가게를 새롭게 단장하고 어떻게 하면 고객들의 마음을 사로잡을 수 있을지, 제품 콘셉트나 디자인을 고민했죠. 그리고 이제는 몰려드는 손님들 덕분에 눈코 뜰 새 없이 바쁜 가게가 됐답니다. 크리스마스 케이크 예약 주문도 눈 깜짝할 사이에 주문이 마감될 정도로 말이죠."

도카의 아름다운 눈이 순간 반짝 빛을 발했다.

"모두가 그 사람 덕분이에요. 그 사람은 항상 파티시에의 과자가 최고로 훌륭하다고, 보석처럼 반짝반짝 빛나는 말로 용기를 주었죠. 그의 이야기로 그녀가 만든 과자를 예쁘게 장식하고, 특별하게 만들어서 손님들께 대접했답니다. 그는 좌절하고 무너지려는 그녀에게 용기를 주고 버틸 힘이 되어 주었죠."

도카의 귀에서 연한 은빛으로 반짝이는 분홍색 초승달 피어싱도 가타리베에게 받은 선물이었다.

파티시에는 뛰어난 재능을 가졌으면서도 자신감을 잃을 때가 많은 것 같으니 부적으로 삼으라는 다정한 말과 함께.

"항상 달과 함께 있다고 생각하면 용기가 나지 않겠어요?"

낮에도 항상 같은 자리를 지키는 달처럼 그는 늘 도카의 옆에서 그녀를 지켜 주었다. 수많은 기적을 일으켜 주었다.

그의 눈을 덮은 도카의 손바닥으로 따뜻한 체온이 전해졌다.

차갑게 식었던 그녀의 손이 가타리베의 체온으로 온기를 머금었다.

그의 움직임이 느껴지지 않았다. 도카는 가타리베가 약기운에 빠져 잠이 들었다고 생각했다.

저는 그 사람에게 진심으로 고마워하고 있어요. 그를… 좋아하게 됐답니다."

꼭꼭 눌러 왔던 마음이 입 밖으로 흘러나왔다.

'괜찮아. 잠들었으니 듣지 못할 거야. 오늘만… 오늘만이야.'

"하지만 그 사람은 저 같은 여자를 좋아하지 않아요. 그러니 마음을 접어야 한다는 건 알지만… 그래도 저는 그 사람이… 가타리베 씨가 좋아요."

그를 향한 애절한 사랑으로 가슴이 터져 버릴 것 같다.

그때였다. 조용히 뻗어 온 가타리베의 손이 도카의 오른쪽 귓불에 닿았다.

"…!"

놀란 도카는 숨을 삼킨 채 그대로 굳어 버렸다. 그의 손가락이 그녀의 귀에 있는 피어싱을, 은빛을 머금은 분홍색 초승달을 천천히 덧그렸다. 방금 그를 향해 숨겨 왔던 사랑을 고백한 사람이 도카가 맞는지 확인하듯이.

오른쪽 귓불에서 시작된 뜨거운 열기가 온몸으로 퍼져 나가 금세 손끝, 발끝까지 저릿했다. 귓가가 뜨거웠다. 심장이 가슴을 뚫고 튀어나올 것만 같다.

도카가 가타리베의 눈 위에 올렸던 손을 치우자, 그가 꿈속을 떠다니는 듯한 얼굴로 도카를 바라봤다.

반쯤 잠에 취한 듯 몽롱한 얼굴이 아직 마음을 감추는 법을 배우지 못한 아이처럼 순수했다.

그가 편안한 목소리로 나직이 속삭였다.

"저도 그래요. 도카 씨를… 사랑합니다."

가타리베의 고개가 옆으로 푹 기울었다. 여전히 도카의 귀에 손을 댄 채로 이번에는 정말 잠이 들었다.

메마른 입술 사이로 규칙적인 숨이 새어 나왔다.

도카는 그의 팔을 살며시 잡아 이불 안에 고이 넣어 주었다. 깃털 이불과 담요를 목까지 끌어 올려 잘 덮어 주고, 의자에 대충 걸쳐져 있던 연미복은 바닥에 떨어진 옷걸이를 주워 옷장 손잡이에 걸었다.

"도카 씨를… 사랑합니다."

그사이 머릿속으로 몇 번이고 그 말을 되뇌었다.

오렌지와 사과를 깎아 먹기 좋게 자르고 벌꿀과 함께 보관 용기에 넣어 침대 협탁에 올려 두면서도.

빈 히오레 용기와 함께 수납장 위에 던져져 있던 열쇠를 들고 밖으로 나와 문을 잠그면서도.

아파트 옆에 있는 도카의 집으로 돌아오는 사이에도 몇 번이고, 몇 번이고 되뇌었다.

그리고 다음 날.

가타리베는 가게에 나타나지 않았다.

도카가 그의 집으로 달려갔을 때 현관문은 열려 있었고, 침대는 깃털 이불과 담요가 반쯤 젖혀져 흐트러진 채 비어 있었다.

가타리베의 모습은 어디에서도 보이지 않았다.

여섯 번째 이야기

버터와 향신료 향기,
촉촉한 달의 마법을 품은 기적의 빵,

'슈톨렌'

'가타리베 씨가 떠난 건 다 나 때문이야.'

그가 사라진 지 벌써 닷새가 지났다.

도카는 매일 가타리베의 집에 들렀지만, 집 안은 늘 그대로였고 짐을 가지러 왔던 흔적조차 없었다.

그는 쉬겠다는 연락 한 통 없이 홀연히 행방을 감춰 버렸다.

핸드폰으로 여러 번 전화를 걸어 봤지만 연결이 되지 않는다는 안내 메시지만 흘러나왔고, 메시지를 보내도 확인하지 않았다.

'내가 그런 말을 해서 그런 거야. 사적으로는 가까워지고 싶지 않다고 한 사람한테…. 내가 불편하다고 한 사람한테 내가 왜 그랬을까.'

그날 그가 잠들었다고 생각한 도카는 마음속으로만 간직했어야 할 마음을 혼잣말처럼 꺼내 놓고 말았다.

그리고 가타리베에게도 사랑한다는 대답을 들었다. 그때는 갑작스럽게 벌어진 일에 머릿속이 하얗게 지워져서 아무 생각도 할 수 없었다. 그저 머릿속에서 그 말만 끊임없이 계속해서 되풀이될 뿐이었다.

'가타리베 씨는 약에 취해서 자기가 무슨 말을 하는지도 몰랐던 거야. 맞아, 히오레 이야기를 할 때도 말이 잘 나오지 않아서 혼란스러워했잖아. 분명 말 그대로의 의미가 아니라 뭔가 다른 뜻이 있었을 거야.'

그래서 아침에 눈을 뜨고 머리가 맑아졌을 때 전날 밤 들은 도카의 고백을 떠올리고 성가신 일이 생겼다고 후회했을지도 모른다. 대하기 불편한 여자의 일방적인 짝사랑보다 난감한 건 없다면서.

하물며 그 상대가 자신이 일하는 가게의 파티시에였고, 설상가상으로 약에 취해 자신도 같은 마음이라고 기대까지 품게 했으니 사태를 파악하고 등골이 서늘해졌을지도 몰랐다.

인제 와서 실수라고 말한다 해도 전처럼 서로 편하게 얼굴을 마주하기는 어려울 테고, 어떻게 수습해야 할지 고민하다가 말없이 사라지는 방법을 택한 건 아닐까?

가타리베는 절대 이렇게 무책임한 행동을 할 사람이 아니다. 그런데도 말없이 사라져 버렸다는 건 그만큼 도카의 고백이 충격적이었다는 뜻이다.

'하지 말았어야 했어. 내가 가타리베 씨를 곤란하게 만든 거야.'

가뜩이나 크리스마스를 앞두고 한창 바쁜 시기인데 가타리베가 없으니 가게 일은 무엇 하나 원활하게 돌아가지 않았다. 아니, 솔직히 혼란의 도가니였다. 이쿠토는 도카를 도와 크리스마스 케이크와 크리스마스 시즌 제품들을 만드는 일만으로도 정신이 없어서 홀 손님까지 챙길 여력이 없었다.

무기가 학교에서 돌아오면 계산대를 맡았고, 능숙하지는 못했지만 낮에는 파트타임 직원들이 최선을 다해 손님들을 응대했다.

모두가 하노라고 했지만 역부족이었고, 결국 손님들의 불만이 터져 나왔다.

계산 하나 하는데 얼마나 더 기다려야 하느냐, 내가 먼저 왔는데 왜 저 사람부터 계산해 주느냐, 어떻게 줄을 서야 하는지 안내해 달라, 상품에 관해 물었는데 제대로 대답하지 못하고 일일이 주방으로 가서 확인하다니 직원 교육이 부족하다 등등….

어쩔 수 없이 크리스마스까지는 평소에 판매하던 제품의 제조량을 줄이고 영업시간도 단축하기로 했다.

그럼에도 할 일은 계속 쌓여만 갔다.

그랬더니 이번에는 일부러 시간을 내 멀리서 왔는데 오후 2시에 문을 닫다니 너무하다거나 쇼케이스가 텅 비어 있어서 실망했다는 글들이 SNS에 올라오기 시작했다.

"언니, 너무 무리하고 있어. 밥은 제대로 챙겨 먹어야지."

무기는 새벽부터 밤늦게까지 주방에서 일만 하는 도카를 걱정했지만, 느긋하게 밥을 챙겨 먹을 여유는 없었다.

도카는 밥 대신 한 손으로 집어 먹을 수 있도록 얇게 썬 슈톨렌을 옆에 두고 일하다가 틈틈이 먹으면서 끼니를 때웠다.

"말린 과일을 듬뿍 넣어서 이거만 먹어도 충분해."

도카는 무기를 안심시키고 다시 손을 움직였다. 할 일이 태산이었다.

한편으로는 바빠서 다행이라는 생각도 들었다. 정신없이 일하고 있는 동안에는 가타리베 생각을 하지 않을 수 있었으니까. 무기에게는 자신이 해서는 안 될 말을 해서 가타리베가 떠난 거라고 털어놓았지만, 이쿠토와 다른 직원들에게는 그가 말도 없이 사라졌다고는 차마 말할 수 없었다.

도저히 입이 떨어지지 않는데 직원들에게까지 걱정을 끼치고 싶지 않았다.

크리스마스가 얼마 남지 않은 시기에 가게의 버팀목인 가타리베가 행방불명 상태라는 걸 알면 모두가 동요할 테고, 지금까지 그가 열심히 만들어 놓은 팀워크가 한순간에 무너질 수도 있기 때문이었다.

"가타리베 씨는 몸 상태가 생각보다 안 좋아서 병원에 입원하기로 했어요."

일단은 거짓말로 둘러댈 수밖에 없었다.

"저기, 도카 씨. 크리스마스 전에는 가타리베 씨가 복귀할 수 있을까? 솔직히 가타리베 씨 없이는 크리스마스를 버텨 낼 수 없을 것 같아. 특히 24일 이브가 걱정이야."

"맞아요. 우리는 가타리베 씨처럼 제품 설명을 할 수 없잖아요."

"파티시에, 가타리베 씨 상태는 좀 어때요? 의사 선생님은 뭐라고 하세요?"

"죄송해요. 가타리베 씨가 크리스마스 전에 퇴원할 수 있을지는… 아직 모르겠어요. 정말 죄송합니다."

도카는 다 제 잘못이라며 죄송하다고 연신 고개를 숙였다. 죄책감이 가슴을 무겁게 짓눌렀지만 죄송하다는 말밖에는 아무 말도 할 수 없었다.

"도카 씨가 미안할 일은 아니지. 지금 제일 힘든 사람이 도카 씨잖아."

후미요가 도카를 토닥였다.

"맞아요. 그리고 가타리베 씨라면 분명 크리스마스 전에 돌아올 거예요! 그때까지는 우리가 더 힘낼 테니까 너무 걱정하지 말아요."

이쿠토가 활기차게 외치자, 네네도 두 손을 불끈 쥐어 보였다.

"분명 그럴 거예요. 가타리베 씨가 어떤 사람인데요. 가타리베 씨가 만들어 놓은 매뉴얼이 있으니까 인터넷 판매랑 사무 일은 제가 어떻게든 해 볼게요."

다른 파트타임 직원들도 먼저 추가 근무를 자청하고 예정보다 일찍 출근하겠다고 선뜻 나섰다.

"크리스마스에는 애들이 다 밖에 놀러 나가니까 오히려 나는 한가해. 근무 시간을 더 늘려도 괜찮아."

"어머, 우리 애도요. 여자 친구랑 데이트한다나? 남편도 백화점에서 일해서 매년 크리스마스에는 야근을 하니까 저도 일할게요."

도카는 모두에게 너무나 고맙고, 또 미안했다.

하지만 가타리베는 여전히 전화를 받지 않았고 메시지도 확인하지 않았다.

어쩌면 그는 이제 영영 돌아오지 않을 수도 있다.

그런 생각이 들 때마다 도카의 마음에는 절망만 쌓여 갔다.

그러던 중 생각지도 못한 구원투수가 나타났다.

연예인처럼 멋지게 차려입은 화려한 금발의 남자가 긴 코트 자락을 펄럭이며 가게로 들어오더니 태연한 얼굴로 거침없이 주방을 향해 돌진했다.

"소, 손님! 거기 들어가시면 안 돼요!"

계산대에 서 있던 파트타임 직원이 놀라서 막으려 했지만, 그는 "미타무라 파티시에의 지인입니다."라고 짧게 대꾸하고는 주방으로 들어갔다.

"도키히코 형!"

이쿠토의 눈이 크게 벌어졌다.

남자는 이쿠토의 친척이자 현재 잠시 쉬고 있는 유명 파티시에인 도키히코였다. 그가 자신감 넘치는 표정으로 오른팔을 높게 치켜들었다.

"보시다시피 백만 불짜리 제 팔이 다 나았거든요. 가게는 내년에나 다시 시작할 예정이라 그때까지 팔이 녹슬지 않도록 어디라도 들어가서 단기로 일하려고 했는데, 가만 보니까 여기 일손이 부족한 것 같아서 왔습니다. 저는 상관없습니다만, 저 어떠세요?"

《 ◐ ○

도키히코가 합류하자 더디게 움직이던 제조라인 속도가 세 배로 빨라졌다.

손이 빠른 그는 순식간에 케이크 모양을 잡고 완성해 나갔다. 단순히 손만 빠른 것이 아니라 실력 또한 흠잡을 데가 없었다.

디저트의 본고장 프랑스에서 실력을 쌓고 금의환향한 차세대 최고의 파티시에라는 타이틀은 결코 언론에서 추켜세우려고 만든 과대 포장이 아니었다. 실력 또한 진짜였다.

"형! 굉장해! 멋있어! 역시 형은 최고야!"

이쿠토는 최애 아이돌 콘서트에서 응원봉을 흔드는 팬처럼 흥분해서 목소리를 높였지만, 도키히코는 자기만 쳐다보고 있지 말고 어서 손을 움직이라고 핀잔을 주며 이쿠토를 재촉했다.

몇 달 전, 도카와 도키히코가 손을 잡고 데이트하는 현장을 목격했던 네네는 안경을 몇 번이나 고쳐 끼며 그를 살펴보다가 무기에게 다가와 목소리를 낮추고 묻기도 했다.

"저 사람은 파티시에랑 소문났던 그 사람 아니에요? 가타리베 씨가 없는 사이에 파티시에를 되찾아 가려고 온 걸까요?"

그리고 또 한 사람, 의기양양하게 나타나 가게에 눌러앉은 소년이 있었다.

"가타리베가 입원해서 가게가 정신없이 바쁘다며? 왜 그런 좋은 정보를 가르쳐 주지 않은 거야? 나, 크리스마스 때까지 여기서 아르바이트할게."

그렇게 선언한 레이지도 그날부터 바로 일하기 시작했다.

아르바이트 경험은 없었지만, 평소에도 우등생 가면을 쓰고 생활하는 레이지답게 일은 금방 배웠고, 계산대 업무도 금세 익숙해졌다.

"어서 오세요! 달과 나입니다."

생긋 웃으며 손님들을 맞이하는 표정까지 완벽했다. 아무도 시키지 않았는데 연극부에서 빌려 온 검은색 연미복까지 입고서….

"어쩜, 어린 집사 학생도 근사하네. 풋풋하고 좋아."

나이가 지긋한 단골손님이 칭찬하자 입이 귀에 걸렸다.

"스토리텔러는 지금 자리를 비웠습니다. 오늘은 제가 도와 드려도 될까요?"

지나치게 우쭐하는 면이 없잖아 있었지만, 어쨌든 귀엽고 친절해서 여자 손님들 반응은 나쁘지 않았다.

"후후, 가타리베가 할 수 있는 걸 내가 못 할 리 없지. 그 자식이 다시 돌아오지 않아도 아무 문제 없을 거야."

이러다 치켜든 콧대가 하늘을 찌를 것 같기도 했다.

어찌 됐든 도키히코와 레이지가 오면서 가게는 어느 정도 안정을 찾았고 영업시간도 원래대로 운영할 수 있었다. 본격적으로 크리스마스 손님이 몰려들면 이보다 훨씬 더 바쁘겠지만, 이제 직원들도 그럭저럭 버틸 수 있겠다며 안도하는 분위기였다.

'하지만 언니는 여전히 밥 대신 슈톨렌만 먹으면서 종일 주방에 틀어박혀 있는걸.'

아침에도 무기가 일어나서 2층 거실로 내려갔더니 도카는 이미 1층 가게로 출근하고 없었다. 그렇게 출근하면 매일 밤늦게나 집에 돌아왔다.

얼마 전까지만 해도 도카와 무기, 가타리베는 셋이 모여 저녁을 먹으면서 가게 이야기를 하곤 했었다.

도카가 환하게 웃으며 말을 꺼내면 가타리베가 다정한 눈빛으로 언니를 바라봤고, 두 사람을 보고 있던 무기의 심장도 콩닥콩닥 뛰었다.

하지만 요즘 무기는 혼자 밥을 먹었고, 도카는 일하면서 틈틈이 집어 먹는 슈톨렌으로 간신히 버티고 있었다.

'가타리베 씨는 왜 사라진 거지? 도대체 지금 어디 있는 거야? 언니는 가타리베 씨가 없으면 안 된다고….'

구원투수로 등장한 도키히코는 약간은 과하게 자신감이 넘치는 사람이었지만, 도카에게만큼은 정중했다.

"부담스럽게 생각하지 말고 편하게 시키세요. 아름다운 여성분을 위해서라면 아낌없이 실력을 발휘할 준비가 되어 있습니다."

레이지도 이 기회를 놓칠 수 없다는 듯이 자신의 존재감을 한껏 드러냈다.

"누나! 저 어제 크리스마스 시즌 제품들을 전부 집에 가져가서 예습해 왔어요. 이제 손님들이 뭘 물어보시든 척척 대답할 수 있으니까 맡겨만 주세요."

하지만 무슨 말을 들어도 도카의 표정은 밝아지지 않았다.

입으로는 고맙다고 말하면서도 눈빛은 여전히 우울했고 막무가내로 일에만 매달렸다.

'역시 가타리베 씨가 돌아와야 해!'

사실 한 가지 걸리는 부분이 있기는 했다.

도키히코가 가게에 나타났을 때 무기는 이쿠토에게 고맙다고 인사했었다.

"네가 부탁드린 거야? 고마워!"

"아니야! 나는 아무 말도 안 했어. 가게 일이 너무 바빠서 형하고 연락할 시간도 없었는걸. 전에 일도 있고 해서, 바쁘다는 소문을 듣고 보답하려고 온 거 아닐까?"

이쿠토는 대수롭지 않게 넘겼지만 무기는 고개를 갸웃했다.

도키히코가 이쿠토를 돕기 위해서 손수 찾아왔다면 이해할 수 있었지만, 과연 그때 일이 일부러 찾아와 도와줄 만큼 고마운 일이었을까? 혹시 언니에게 다른 마음이 있어서라고 해도 연예인과 스캔들이 날 만큼 시끌벅적한 연애를 하는 남자라면 이렇게 소심한 방법으로 접근하지는 않을 성싶었다.

그러니 확인해 볼 필요가 있었다. 무기는 도키히코가 퇴근 준비를 마치고 가게를 나서는 타이밍을 노려 직접 물어보기로 했다.

"도키히코 씨, 저희 가게가 일손이 부족해서 힘든 상황이라는 거 어떻게 아셨어요?"

"그거야… 이쿠토에게 들었지."

"이쿠토는 가게 일이 바빠서 도키히코 씨에게 연락할 시간도 없었다고 하던데요?"

무기의 말에 그의 동공이 흔들렸다.

"아, SNS에서 봤던가? 그래! SNS에서 봤다. 요즘은 SNS에 별의별 이야기가 다 올라오니까."

그 순간 전에 이쿠토가 형이 유튜버 사건으로 호되게 당한 이후로 매일 같이 확인하던 SNS를 딱 끊었다고 했던 말이 떠올랐다.

'확실해. 뭔가 숨기고 있어. 도키히코 씨가 때마침 가게에 나타난 게 이쿠토가 부탁해서가 아니라면 그런 부탁을 할 사람은 **그 사람**밖에 없어.'

"도키히코 씨, 혹시 가타리베 씨 부탁받고 오신 거 아니에요?"

"아, 아니? 아닌데…."

누가 봐도 아닌 게 아니었다. 무기는 확신을 가지고 다시 질문했다.

"가타리베 씨 지금 어디 있어요? 도키히코 씨는 알고 있죠?"

"무기, 목소리 낮춰. 절대 들키면 안 된다고 그랬단 말이야."

"누가요? 가타리베 씨가 그래요? 역시 알고 있는 거죠? 저, 가타리베 씨 있는 곳으로 데려다주세요. 안 그러면 도키히코 씨한테 성희롱당했다고 SNS에 올릴 거예요! 그러면 어떻게 되는지 잘 아시겠죠?"

　　　　　　　☾　◑　○

　묵직한 토트백을 어깨에 걸친 무기는 도키히코의 차를 타고 역
앞에 있는 오래된 호텔에 도착했다.

　"이런 제길, 이러다 SNS에 여고생이랑 원조 교제한다는 소문이
라도 퍼지는 거 아니야?"

　선글라스를 낀 도키히코는 연신 주변을 두리번거렸다.

　"언니랑은 대낮에 손잡고 데이트까지 하셨잖아요."

　"그건 데이트가 아니… 그래, 도카 씨한테는 폐를 끼쳤지만, 그
래도 너희 언니는 성인이잖아. 여고생하고 호텔에 있는 거랑은 차
원이 다르지."

　무기는 계속 뚱한 얼굴로 입을 다물고 있었고, 도키히코는 안절
부절못하며 불안해했다.

　고풍스러운 엘리베이터를 타고 8층으로 올라간 두 사람은 벽에
꽃과 과일을 그린 정물화가 걸린 복도를 걸었다. 이윽고 도키히코
가 어느 방 앞에 멈춰 서더니 문을 두드렸다.

　"저… 도키히코입니다. 문제가 좀 생겼는데요."

　문이 열리고 누군가 얼굴을 내밀었다. 풍성한 백발에 단정하고
품위 있는 노년의 남자.

　"아야쓰지 씨!"

　문을 연 사람은 '오페라 아저씨'로 통하는 가게 단골손님 아야쓰

지었다.

그가 무기를 보고 깜짝 놀라며 눈을 크게 떴다.

그의 뒤로 오른팔에 삼각붕대를 감고 오른쪽 다리에는 깁스까지 한 상태로 소파에 앉아 있는 가타리베의 모습이 보였다.

"가타리베 씨!"

무기는 들어오라는 허락을 기다리지 못하고 방 안으로 뛰어 들어갔다.

그의 시선이 무기를 향했다가 다시 도키히코에게 옮겨 갔다.

"미안, 나도 어쩔 수 없었어. 들키고 협박까지 당했다고."

도키히코가 두 손을 모으고 말하자, 그가 어쩔 수 없다는 듯 허탈한 숨을 뱉었다.

그러고는 당황하는 기색도 없이 무기를 보고 조용히 입을 열고 말했다.

"보시는 대로예요. 실수로 발을 헛디뎌서 아파트 계단에서 굴렀습니다. 핸드폰으로 119를 불러서 치료는 받았지만, 이 상태로는…. 하필이면 1년 중 가장 바쁜 시기에 가게에 도움이 되지 못하게 됐네요."

"계단에서 굴러요? 왜요?"

"열이 떨어지지 않아서 정신이 몽롱한 상태였거든요. 동이 트기 전이었고 달도 구름에 가려서 어두웠어요."

"그러니까, 왜 아픈 몸으로 언니한테 말도 안 하고 집에서 나왔냐고요. 언니가 가타리베 씨에게 해서는 안 될 말을 해서요?"

무슨 말이었는지까지는 무기도 듣지 못했다.

하지만 도카는 무척이나 괴로운 얼굴로 자신이 그러면 안 됐다고, 가타리베 씨가 사라진 건 다 자기 탓이라고 자책했다.

보고 있던 무기까지 숨을 쉴 수 없을 만큼 가슴 아프게….

"도대체 언니가 가타리베 씨한테 뭐라고 했는데요?"

무기가 묵직한 토트백을 어깨에 멘 채로 다그치듯 묻자, 상황을 지켜보던 아야쓰지가 도키히코에게 조용히 속삭였다.

"우리는 자리를 피해 주도록 하죠. 제 방에 가서 와인 한잔하시겠어요?"

그렇게 방에 두 사람만 남았다. 무기가 이를 악물고 가타리베의 대답을 기다리고 있자, 그가 시선을 먼 곳으로 던지며 천천히 입을 열었다.

"도카 씨가 저를 어떻게 생각하는지 말했고, 저도 같은 마음이라고 대답했어요. 도카 씨를 사랑한다고 말했습니다."

무기는 그대로 숨을 멈췄다.

놀라고 혼란스러워서 머릿속이 뒤죽박죽으로 엉켰다.

두 사람이 서로를 좋아한다는 사실은 이미 알고 있다.

사업 파트너로서 도카를 존중하기 위해 가타리베가 자신의 마음을 누르고 있다는 사실도.

그렇지만 언니의 고백을 받고 자신도 사랑하고 있다고 말했다면, 왜 굳이 해가 뜨지도 않은 새벽에 도망치듯 집을 나온 걸까?

도키히코에게 도와 달라고 몰래 부탁할 정도로 가게도, 언니도 걱정하고 있으면서 왜 말도 없이 숨어 있는 걸까?

무기는 여전히 그를 이해할 수 없었다.

가타리베는 후회가 짙게 묻어나는 목소리로 담담하게 말을 이었다.

"약에 취해 몽롱한 상태였다고는 하지만… 입에 담아서는 안 될 말이었어요. 한밤중에 잠에서 깼는데 얼마나 엄청난 일을 저질렀는지 깨닫고 당황해서…. 머리 좀 식히려고 밖에 나갔던 겁니다."

그러다 계단에서 발을 헛디뎌 떨어졌고 병원으로 실려 갔다고 했다. 의사에게 팔과 다리 모두 당분간 쓸 수 없을 거라는 말을 들었고.

아야쓰지와는 병원에서 우연히 만났다고 한다.

그가 한쪽 팔에 붕대를 감고 다리에 깁스까지 한 채로 목발을 짚은 가타리베를 보고 깜짝 놀라 다가왔고, 가타리베가 그에게 하소연한 모양이었다.

이 상태로는 크리스마스에도 가게에 나갈 수 없을 텐데 큰일이라고.

"이런 한심한 꼴로 도카 씨 앞에 나타나고 싶지 않았어요. 어디로 가야 할지 모르겠다고 했더니 아야쓰지 씨가 본인이 묵는 호텔을 소개해 주셨죠. 여기 있으면 자기가 도와줄 수 있으니 걱정하지 말라고 하시면서….”

이 와중에도 가타리베는 도카에게는 절대 말하지 말라고 무기를 단속했다.

“제 상태를 알면 도카 씨는 분명 자기 때문이라고 생각할 거예요. 크리스마스로 가게가 바쁠 시기에 도카 씨에게 더 이상 부담을 줄 수는 없어요.”

꼭 쥐고 있던 무기의 손이 파르르 떨렸다.

화가 머리끝까지 솟구쳐서 폭발하기 일보직전이었다.

“언니는 이미 다 자기 때문이라고 자책하고 있어요! 자기 때문에 가타리베 씨가 떠났다고 생각한다고요!”

‘언니한테 부담을 줄 수 없다고? 이게 무슨 바보 같은 소리야!’

“가타리베 씨가 사라지고 난 뒤로 언니가 얼마나 힘들어하는 줄 알아요? 그런데도 크리스마스 때문에 바빠서 쉬지도 못하고 밥도 제대로 먹지 못한단 말이에요. 일하다가 고작 슈톨렌 한두 개 집어 먹는 게 전부라고요! 슈톨렌은 크리스마스를 기다리면서 설레는 마음으로 먹는 빵인데! 그 빵을 슬픈 얼굴로 겨우겨우 씹어 넘기면서 일만 한단 말이에요! 어깨를 축 늘어뜨리고 기운이 하나도 없이! 이러다 가타리베 씨를 만나기 전으로 돌아가기라도 하면 어떡하라고요!”

‘가타리베 씨가 오고 언니가 얼마나 밝아졌는데! 얼마나 예뻐졌는데! 과자를 굽는 일이 너무 즐겁고 행복해 보였다고요!

가타리베 씨가 언니를 다시 태어나게 해 줬잖아요!'

"고작 그런 한심한 이유로 언니를 내팽개칠 사람이라면, 저도 더는 가타리베 씨에게 언니를 맡기고 싶지 않아요! 도키히코 씨와도 호흡이 잘 맞고 레이지도 연극부에서 연미복까지 빌려 입고 와서 언니에게 잘 보이려고 노력하고 있으니까 이제 됐어요! 시간이 지나면 언니도 가타리베 씨를 잊어버리고 다른 사람을 좋아하게 되겠죠!"

무기는 메고 온 토트백에서 반달 모양으로 구운 묵직한 슈톨렌을 꺼내 테이블 위에 던지듯 내려놓았다.

하나를 놓고, 또 하나를 꺼내 놓았다.

반달 모양 슈톨렌 두 개가 서로 등을 돌리고 테이블 위에 나란히 놓였다.

새하얀 슈거 파우더가 뿌려진 슈톨렌을 바라보던 가타리베의 얼굴이 고통에 가까운 슬픔으로 일그러졌다.

그럼에도 끝내 돌아가겠다는 말은 하지 않았다.

무기가 돌아서서 호텔 방을 나갈 때까지도 그는 입을 꼭 다문 채 열지 않았다.

문이 닫힌 순간 울컥 울음이 터져 나오려 했다. 무기는 코로 훌쩍 숨을 들이마시며 울음을 삼키고 차마 하지 못한 말을 혼자 중얼거렸다.

"언니는… 가타리베 씨를 기다리고 있어요. 가타리베 씨가 아니면 안 된다고요."

《 ◐ ○

가타리베가 어디 있는지는 알았다.

하지만 그의 상태를 본 무기는 차마 언니에게 말할 수 없었다.

생각하고 또 생각해도 답을 알 수 없는 문제에 무기는 머리가 깨질 것 같았다. 도카는 여전히 슈톨렌으로 끼니를 때웠다.

그리고 드디어 23일이 하루 앞으로 다가왔다. 모레는 크리스마스이브였다.

스토리텔러 가타리베가 없는 크리스마스가 시작되려 하고 있었다.

'흥! 가타리베 씨, 바보 멍청이! 언니는 인기 폭발이라고요! 도키히코 씨나 레이지랑 잘되고 나서 후회해 봤자 소용없다고요!'

《 ◐ ○

23일, 일단 시작은 여유로웠다.

오전부터 슈톨렌과 베라베카, 초콜릿과 쿠키로 만든 장식품들이 순조롭게 팔렸고 손님들의 발걸음이 끊이지 않았다. 홀케이크는 예약분만 판매하기로 해서 쇼케이스 안에는 크리스마스 시즌

223

용 쁘띠 가토만 진열해 두었다.

새빨간 딸기가 촛불처럼 빛나는 초승달 모양의 쇼트케이크가 진열됐고, 베리 무스와 비스퀴 반죽을 겹쳐 쌓아 피스타치오 초콜릿 크림으로 코팅한 반달 케이크도 있었다. 보름달 케이크로는 캐러멜 맛 버터크림을 바른 스펀지 시트를 말아서 둥글게 자르고 가는 깍지를 끼운 짤주머니로 캐러멜 버터크림을 가늘게 짜서 겉면을 통나무처럼 연출한 부시드노엘Bûche de Noël을 진열했다.

그 밖에도 크리스마스 분위기를 물씬 풍기는 빨간색과 녹색, 하얀색을 조합한 작은 달님들이 반짝반짝 즐거운 크리스마스 분위기를 자아냈다.

크리스마스 시즌용 쁘띠 가토를 구매할 목적으로 가게를 찾아와서 종류별로 전부 사 간 손님도 있어서 준비한 제품은 오후 7시에 영업을 종료하기 전에 모두 팔렸다.

"거 봐! 역시 그 자식이 없어도 잘 돌아가잖아."

레이지가 아주 흡족하다는 듯 말했다.

그렇게 23일을 무사히 넘기고 드디어 결전의 날, 12월 24일 크리스마스이브의 아침이 밝았다.

문을 열자마자 가게 안은 손님들로 꽉 들어찼고 금세 밖으로 긴 줄이 생겼다.

손님용 둥근 테이블을 이용해 크리스마스 케이크 수령 공간을 만들고 계산을 마친 손님에게는 그쪽에서 케이크를 받아 가도록 안내했다.

케이크와 별도로 구움과자나 쁘띠 가토 구매를 원하는 손님은 쇼케이스 앞쪽으로 줄을 서도록 했다.

하지만 오후가 되어도 가게 앞에 늘어선 줄은 계속 길어지기만 했고, 매장과 주방 모두 숨 쉴 틈도 없이 바빴다.

무기도 쁘띠 가토를 올린 쟁반과 예약된 케이크 상자를 들고 쉴 새 없이 주방과 매장을 오갔다.

어서 오세요!

감사합니다!

아침부터 이 말을 족히 100번 이상은 한 것 같았다.

목이 따끔거렸고 팔도 점점 무거워졌지만, 저녁이 되자 이번에는 퇴근하는 사람들이 밀물처럼 몰려왔고 혼잡도가 극에 달했다.

오늘 중 가장 많은 손님이 한꺼번에 몰려들었다.

벽 쪽 선반에서 크리스마스 시즌 제품을 집으려던 손님들끼리 서로 부딪치고, 먼저 집으려고 밀었다. 엄마와 함께 계산 순서를 기다리다 지친 어린아이는 칭얼거렸고, 그 밖에도 크고 작은 소란들이 잇따라 빚어졌다.

홀에서 고객 응대를 담당하는 레이지와 파트타임 직원들이 정신없이 분주하게 움직이며 최선을 다해 대응했지만, 결국 사고는 터지고 말았다.

줄도 서지 않고 그대로 계산대를 향해 돌진해 온 50대 남자 손님의 등장과 함께.

그의 손에는 '달과 나'라는 가게 이름이 찍힌 종이봉투가 들려 있었다. 남자는 종이봉투를 쇼케이스 너머에 있는 레이지에게 내밀고 퉁명스럽게 쏘아붙였다.

"이 크리스마스 케이크는 내가 예약한 게 아니야."

순간 놀란 레이지가 눈을 크게 떴다.

그 손님에게 케이크를 건네준 사람이 레이지였기 때문이다.

"자, 잠시만 기다려 주세요."

레이지는 황급히 예약 목록을 확인했다.

"다나카 아키토시 님이시죠? 주문하신 상품은 보름달 파리 브레스트Paris brest…"

하지만 말을 끝마치기도 전에 남자의 눈에 뾰족하게 날이 섰다.

"내 이름은 다나카 히로유키야. 예약한 케이크는 반달 듀오 쇼콜라Duo Chocolat였고!"

레이지는 그제야 성이 같은 다른 손님의 케이크를 드렸다는 걸 깨닫고 하얗게 질렸다.

원래라면 손님에게 상품을 건네기 전에 상자를 열어 안을 보여주고 주문한 상품이 맞는지 확인하는 과정을 거쳐야 한다. 하지만 바빠도 너무 바빴던 탓에 어느 순간부터 레이지는 확인 과정을 생략해 버렸다.

예약한 크리스마스 케이크는 상자에 상품 이름이 적혀 있었으니 틀릴 리가 없다고 생각했다.

"죄송합니다. 바로 바꿔 드리겠습니다."

레이지는 바로 주방으로 달려가 남아 있는 예약 케이크 상자들을 살펴봤다. 하지만 남자의 케이크는 보이지 않았다.

다시 한번 예약 목록을 확인한 레이지의 얼굴에서 남아 있던 핏기마저 완전히 사라졌다.

"듀오 쇼콜라를⋯ 파리 브레스트를 예약한 다나카 님에게 드려 버렸어."

"뭐어?"

쁘띠 가토를 가지러 주방에 왔던 무기가 저도 모르게 큰 소리로 되물었고, 주방에서 바쁘게 움직이던 도카와 도키히코, 이쿠토도 손을 멈추고 굳은 표정으로 레이지를 돌아봤다.

"어떡하지? 다나카 아키토시 님한테 듀오 쇼콜라를 돌려받아서 지금 밖에 있는 다나카 히로유키 님한테 드려야 하나?"

"이쿠토, 그걸 말이라고 해! 한번 다른 손님이 가져간 케이크를 드릴 수는 없어!"

"하지만 형! 크리스마스 홀케이크는 예약분만 만들어서 지금은 새 케이크가 없어."

"내일 예약분으로 쓸 베이스가 있으니까 마무리 작업만 다시 하면 돼요. 그래도 완성하려면 시간이 좀 필요한데⋯."

"지금은 그 방법이 최선이겠네요! 바로 시작해 주세요. 레이지

군은 밖에 계신 다나카 히로유키 님에게 말씀드리고 양해를 구하 도록!"

레이지는 도키히코의 지시에 따라 황급히 주방을 나갔다.

무기도 뒤를 따랐다.

혼잡한 매장에 서서 기다려야 했던 남자는 레이지를 보자마자 버럭 화를 냈지만, 레이지는 정중하게 사과하고 양해를 구했다.

"잠시만 기다려 주세요. 지금 파티시에가 마무리 작업을 하고 있습니다."

즉각 분노에 찬 고함이 돌아왔다.

"더 기다리라고?! 얼마나? 10분? 20분? 내가 그렇게 한가한 사 람인 줄 알아!"

남자의 고함에 칭얼거리던 아이가 울음을 터트렸고, 당황한 파 트타임 직원은 계산을 틀려서 손님에게 사과하고 다시 계산해야 했다. 그러다 영수증 용지가 떨어졌다는 경고음이 삑삑 울렸고, 오늘따라 용지 교체도 쉽게 되지 않았다. 그야말로 난장판이었다.

기다리던 다른 손님들도 지칠 대로 지쳐서 다들 얼굴에 짜증이 가득했다.

짜증을 쏟아 내는 남자의 화는 사그라들 기미가 보이지 않았고, 1분마다 아직 멀었냐며 레이지를 독촉했다.

무기는 레이지가 이렇게까지 자세를 낮추고 고개를 숙이는 모 습을 본 적이 없었다.

도와주고 싶었지만 달리 뾰족한 수가 없기는 무기도 마찬가지였다.

그때, 가게 안에 차분하고 부드러운 목소리가 울려 퍼졌다.

"정말 죄송합니다. 지금 저희 파티시에가 다나카 히로유키 님의 반달 듀오 쇼콜라를 완벽하게 마무리하고 있으니 잠시만 기다려 주세요. 그동안 주문하신 케이크에 관해 먼저 설명드려도 괜찮으실까요?"

상쾌한 바람이 뜨겁게 달아오른 공기를 밀어내듯이 부드럽고 편안하게 귓가를 파고드는 차분한 목소리가 가게 안에 은은하게 울려 퍼졌다.

검은 연미복을 입은 남자가 쇼케이스 쪽으로 천천히 걸어왔다.

가타리베가 아니다.

단정하게 정돈된 풍성한 백발과 품위 있는 자태가 돋보이는 노신사였다. 근사한 목소리로 파트타임 직원들을 전부 팬으로 만들어 버린 '달과 나'의 단골손님.

"아야쓰지 씨…."

집사 복장을 한 아야쓰지는 입매를 부드럽게 늘이며 이야기를 시작했다.

"듀오 쇼콜라는 두 종류의 초콜릿, 밀크와 비터Bitter로 만든 소박한 케이크입니다. 저희 가게에서는 부드럽고 달콤한 밀크초콜릿 무스와 쓴맛이 강한 비터초콜릿 무스 사이에 적당히 쌉싸름한 카카오 비스퀴 반죽을 끼워 넣고, 카카오 함량 51퍼센트의 비터밀크초콜릿으로 글라사주Glaçage(디저트 표면을 매끄럽게 코팅하는 기법)했답니다."

아야쓰지가 왜 가게에 왔는지, 왜 집사 옷을 입고 크리스마스 초콜릿케이크 설명을 하는 건지, 무기의 머릿속에서 의문들이 소용돌이쳤다.

'도키히코 씨에게 부탁했던 것처럼 가타리베 씨가 아야쓰지 씨에게도 부탁한 건가?'

소믈리에였던 아야쓰지는 손님들에게 와인을 따라 주면서 나누는 소소한 대화로 그들에게 마법을 거는 일이 무척 즐거웠다고 했다. 하지만 나이가 들면서 어느 순간 예전만큼 말이 술술 나오지 않게 되자, 은퇴하고 지금은 낡은 호텔에서 혼자 조용히 지낸다고 들었다.

그런 그가 지금 따뜻한 미소를 머금고 가슴속까지 깊이 스며드는 근사한 목소리로 반짝반짝 빛나는 이야기를 엮어 내고 있었다.

혼잡한 가게 안에서 오랜 시간 기다린 탓에 지쳐 버린 손님들이 한결 편안해진 얼굴로 그의 목소리에 귀를 기울였다. 기분이 절로 좋아지는 아름다운 목소리였고, 더할 나위 없이 근사한 목소리였다. 모두가 바라고 있었다.

이 목소리가 멈추지 않기를, 이대로 계속 들을 수 있기를….

어느샌가 칭얼대던 아이 울음소리가 사라지고 레이지에게 화를 내던 남자도 아야쓰지의 목소리와 이야기에 귀를 기울였다.

"밀크와 비터, 두 가지 무스가 만들어 내는 선율은 그야말로 품격 있고 세련된 음악과도 같답니다. 입안에서 사르륵 녹는 식감에 절로 탄성이 새어 나오죠. 조합이 단순하기에 맛은 더욱 깊은 케이크입니다. 듀오 쇼콜라를 선택하신 히로유키 님은 도시적이면서도 연륜이 느껴지는 멋진 감각을 가지고 계신 분이시군요."

과분한 칭찬을 받은 남자는 쑥스러운 듯 얼굴을 붉혔다.

"아니… 나는 그냥… 나도, 우리 식구들도 초콜릿을 좋아하고 인터넷으로 사진을 보니까 괜찮겠다 싶어서…."

남자가 한 마디 덧붙였다.

"그리고 우리 식구들이 다 이 가게 케이크를 좋아하거든요. 그래서 크리스마스 케이크는 꼭 여기서 사고 싶었던 건데…."

아야쓰지가 깊이 고개를 숙였다.

"감사합니다. 저희 측의 실수로 히로유키 님에게 큰 결례를 범했는데도 그렇게 관대한 평가를 해 주시니 감사한 마음을 이루 말할 수가 없네요."

"아니, 뭐 그렇게까지…."

남자의 얼굴이 점점 더 붉어졌다.

그때 이쿠토가 완성된 듀오 쇼콜라를 들고 주방에서 나왔다.

"오래 기다리셨습니다! 듀오 쇼콜라입니다. 예약하신 케이크 맞으시죠?"

이쿠토가 하얀 상자에서 매끄러운 초콜릿으로 뒤덮인 반달 모양의 케이크를 꺼내 보였다. 단면에 그려진, 밀크초콜릿 무스와 비스퀴, 비터초콜릿 무스가 만들어 낸 깔끔하고 고급스러운 그러데이션을 본 남자는 만족스럽다는 듯 활짝 웃었다.

"아아, 맞아. 맞아. 내가 먹고 싶었던 거야."

"괜찮으시다면 이 피스타치오 파리 브레스트도 가져가서 드셔 보세요. 들고 가실 짐이 늘어서 송구합니다만, 향긋한 피스타치오 크림과 진한 프랄린Praline 크림도 꼭 즐겨 보셨으면 좋겠네요."

"아, 그래도 되나? 이거 괜히, 미안해지네."

잠시 후 남자는 케이크가 든 상자를 오른손과 왼손에 하나씩 들고 한껏 기분이 좋아진 얼굴로 가게를 나섰다.

또 오겠다는 인사를 남기고서.

"아야쓰지 씨, 감사해요. 그런데 어쩐 일이세요? 가타리베 씨가 부탁하던가요?"

무기의 물음에 그가 싱긋 웃으며 대답했다.

"아니요. 제 독단입니다. 가타리베 씨 스타일로 대답하자면… 제 안에 잠들어 있던 본능이 깨어났달까요?"

그의 연미복 가슴에서 금색 포도 배지가 자랑스럽게 빛나고 있었다.

그 후로도 아야쓰지의 활약은 계속됐다.

다정하게 손님 한 분 한 분에게 인사를 건네며 계산대 앞에 길게 늘어선 줄을 능숙한 솜씨로 정리했고, 상품을 건넬 때도 구매한 제품이 어떤 제품이고 얼마나 맛있는지, 얼마나 훌륭한 맛을 즐길 수 있는지를 근사한 목소리로 차분히 설명했다.

차례를 기다리던 다른 손님들도 아야쓰지의 설명을 들으며 기대감을 키우거나 아예 넋을 놓고 듣는 사람도 있었고, 자신도 같은 케이크를 추가로 사고 싶다고 요청하는 사람도 많았다.

아야쓰지는 레이지의 실수로 크리스마스 케이크를 잘못 받아간 또 다른 다나카 씨에게도 전화를 걸어 사과했다. 잘못 내어 드린 케이크는 그대로 드셔도 되고, 예약하신 케이크는 집으로 가져다 드려도 괜찮은지 허락을 구했다. 그리고 부드러운 목소리로 레이지에게 말했다.

"레이지 군이 직접 가져다 드리는 게 좋겠군요."

그 말에 레이지의 얼굴이 다시 딱딱하게 굳었지만, 아야쓰지가 그의 어깨를 다독였다.

"괜찮을 겁니다. 전화를 받으신 분은 아주 상냥한 주부셨고, 깜짝 놀랐다고 말씀하셨지만 화를 내시지는 않았어요. 그리고 레이지 군처럼 잘생기고 똑똑해 보이는 소년이 정중하게 사과하면 여성분들은 마음이 약해져서 대부분 너그럽게 이해해 주신답니다."

그 말을 듣고 다시 자신감이 살아났는지 창백하게 질렸던 레이지의 뺨에 옅은 홍조가 돌아왔다.

"네, 제가 다녀오겠습니다."

그렇게 레이지는 도카가 급하게 다시 만든 피스타치오 파리 브레스트를 들고 가게에서 지하철로 한 시간 이상 걸리는 다나카 아키토시 씨의 집으로 향했다.

《 ◐ ○

'아아, 행복해. 이런 기분을 느껴 본 게 얼마 만인지⋯.'

아야쓰지는 폐점 시간을 앞두고 황급히 뛰어 들어온 손님을 응대하면서 가슴이 따뜻해지는 만족감에 젖어 들었다.

오랜만에 꽤 장시간 서 있었더니 피곤하기는 했지만, 피로보다는 가슴속 깊은 곳에서 차오르는 기쁨이 더 컸다.

소믈리에를 그만둔 뒤에도 버리지 못했던 연미복과 소믈리에의 표식인 금색 포도 배지는 고향집을 처분하고 이 동네 호텔에서 생활하기로 했으면서도 챙겨 왔다.

'내가 다시 누군가에게 도움이 되는 날이 올 줄이야.'

"주제넘지만 한 말씀만 더 드리자면, 아야쓰지 님의 스토리텔링 능력은 사라지지 않았습니다. 때가 되면 스스로 무대에 올라설 겁니다."

언젠가 이곳의 스토리텔러는 나직하면서도 또렷한 목소리로 예언 같은 말을 했었다.

이곳의 반달 가토 오페라에는 가슴속에 간직한 소원을 이뤄 주는 달의 마법이 걸려 있기 때문이라고도 했다.

그리고 크리스마스이브인 오늘, 그의 예언은 진짜 현실이 됐다.

다만, 안타깝게도 멋진 이야기로 아야쓰지의 마음을 흔들었던 그는 지금 혼자서는 밖에 나가기조차 힘든 상태로, 호텔 방에 틀어박혀 깊은 후회에 빠져 있었다.

"크리스마스이븝니다. 정말 가게에 가지 않아도 괜찮겠어요? 팔에 감은 붕대는 풀었잖습니까?"

아야쓰지가 슬쩍 떠보듯 물었지만, 가타리베는 쓸쓸한 목소리로 조용히 대답할 뿐이었다.

"다리 깁스는 당분간 풀 수 없지 않습니까. 제가 목발을 짚고 가게에 가 봤자 방해만 될 겁니다."

"그럼, 가타리베 씨 대신 나라도 가서 도와야겠네요."

망설이는 그의 마음을 흔들어서 움직여 보려고 한 말이었다. 분명 그랬지만 어쩌면 아야쓰지 본인의 갈망도 담겨 있었는지 모르겠다.

다시 한번 수많은 이야기가 날아다니는 화려한 무대 한쪽에 설수 있기를 바라는 마음이었을지도.

'가타리베 씨, 당신은 어떤가요? 정말 당신이 가진 스토리텔링 본능을 이대로 잠재워도 괜찮겠어요?'

하지만 아야쓰지가 아무리 안타까워해도 가타리베처럼 무슨 일이든 혼자서 해결하려고 하고, 실제로도 혼자 척척 해내는 고집스럽고 유능한, 그래서 복잡한 사람의 마음을 돌리기는 쉽지 않다. 그 어떤 일보다 어렵고 힘들다는 걸 아야쓰지가 누구보다 잘 알고 있었다.

'그래, 그 사람도 그랬으니까.'

쇼케이스가 텅 비고 폐점까지 이제 10분도 남지 않은 시간, 젊은 엄마와 작은 여자아이가 가게 문을 열었다.

엄마 손을 잡고 들어온 아이는 급하게 뛰어왔는지 볼을 빨갛게 물들이고 하얀 입김을 색색 내뿜었다.

하지만 곧 눈을 반짝이며 천진하고 귀여운 목소리로 외쳤다.

"예약한 달님 크리스마스 케이크를 찾으러 왔어요!"

"안도 마유 님, 초승달 딸기 케이크를 주문하셨죠? 바로 준비해 드리겠습니다."

"어? 어? 제 이름을 어떻게 아세요?"

24일에 예약한 크리스마스 케이크가 하나밖에 남지 않았기 때문이었지만, 작은 몸 전체로 놀란 마음을 표현하는 아이의 반응에 아야쓰지는 저도 모르게 빙그레 웃고 말았다.

"제가 마법을 좀 부렸답니다."

그리고 바로 주방에서 케이크를 가지고 나와 상자에서 꺼내 아이에게 보여 주었다.

"우와!"

탄성을 내지른 아이의 눈이 보석처럼 반짝였다.

"엄마! 초승달 속에 딸기가 가득 있어!"

"딸기는 봄에 먹는 과일로 알고 있지만, 사실은 크리스마스 때가 가장 달고 맛있답니다. 이 케이크는 우유 맛 풍미가 가득한 생크림과 커스터드 크림을 쌓아서 두 가지 크림을 맛볼 수 있고, 안에는 새콤달콤한 딸기 콩피튀르도 숨어 있죠."

"콩피티이르?"

"진한 딸기잼 같은 거랍니다."

"와아, 저 딸기잼 좋아해요!"

"케이크 위에도 딸기를 촘촘히 올렸고 그 위에 다시 새하얀 생크림을 듬뿍 올렸죠."

"눈 같아요. 여기, 끝에는 산타 할아버지가 있어요. 그럼, 이 집은… 산타 할아버지 집이에요?"

아이는 머랭으로 만든 산타클로스와 쿠키로 만든 집을 가리키며 들뜬 목소리로 물었다.

"그렇습니다. 이건 달이 몰래 해 준 이야기인데, 사실 산타할아버지는 달에서 딸기를 키운다고 하네요. 딸기 한 알 한 알에 마법을 걸어서 크리스마스에 우리에게 나눠 주는 거죠."

"이 딸기에도 마법이 걸려 있어요?"

"그럼요. 제가 마유 님을 위해서 특별한 마법을 살짝 걸어 두었답니다."

"호호, 우리 마유는 좋겠네."

"응!"

엄마의 말에 힘차게 고개를 끄덕인 아이는 아야쓰지를 바라보며 작은 입술을 활짝 벌려 예쁘게 웃었다.

"할아버지, 할아버지는 머리도 하얗고, 폭신폭신하고, 또 마법도 쓰니까… 꼭 산타 할아버지 같아요!"

작은 아이의 순수한 마음이 담긴 말에 아야쓰지의 가슴이 따뜻하게 차오르며 가늘게 떨렸다.

'나도… 아직 마법을 부릴 수 있구나.'

☾ ◐ ○

무기도 손을 꼭 잡은 엄마와 아이가 돌아가는 모습을 뿌듯한 마음으로 지켜봤다.

이제 곧 7시였다. 폐점 시간이 다 됐으니 방금 다녀간 모녀가 크리스마스이브의 마지막 손님일 듯싶었다.

'레이지에게 무사히 케이크 배달을 마쳤다는 연락도 받았고…
휴우, 큰 탈 없이 무사히 넘겨서 다행이야.'

아직 25일, 크리스마스가 남아 있었지만 그래도 오늘만큼 바쁘
지는 않을 것이다.

문뜩 주방으로 눈을 돌린 무기의 눈에 유리 벽 너머에 있는 언
니가 보였다.

전쟁 같았던 크리스마스이브를 무사히 넘기고 한숨 돌리고 있
을 줄 알았는데, 도카는 슬픈 눈으로 멍하니 가게 밖을 바라보고
있었다.

그런 언니를 보는 무기의 마음도 다시 슬픔으로 젖어 들었다.

도카는 여전히 가타리베를 기다리고 있었다.

☾ ◖ ○

"아! 끝났다! 내가 'close' 팻말 걸고 올게!"

녹초가 돼서 늘어진 도키히코나 파트타임 직원들과 달리 이쿠
토는 여전히 기운이 넘쳤다. 이쿠토가 주방에서 뛰어나가려던 순
간 도카가 그를 불러 세웠다.

"이쿠토, 그건 내가 할 테니까 뒷정리를 좀 부탁해도 될까?"

"물론이죠! 형! 퇴근하고 우리집에 가서 크리스마스이브 파티
하자!"

"아직 25일이 남았어. 넌 피곤하지도 않냐? 왜 그렇게 생생해? 제길, 나도 아직 젊은데 말이야."

도키히코가 지친 목소리로 투덜거렸다.

"여러분, 오늘 고생하셨어요. 정말 감사합니다."

도카는 홀에 있는 직원들에게 인사하며 가게 밖으로 나갔다.

셰프복 차림으로 나온 터라 제법 매서운 추위에 저도 모르게 몸이 부르르 떨렸다.

문에 걸려 있는 팻말을 'close'가 보이게 뒤집은 도카는 잠시 그대로 서서 차가운 달빛이 비추는 밤의 아스팔트를 쓸쓸하게 바라봤다.

오늘보다 더 춥고 눈이 소복이 쌓였던 날 아침에 가게 앞, 이 길에 그가 있었다. 눈길에 미끄러져 넘어지면서 머리를 부딪쳐 기절한 채로….

하지만 오늘밤은 눈이 내리지 않았고, 차갑게 식어 푸르스름한 빛을 내는 아스팔트는 텅 비어 있다.

'가타리베 씨는 결국 크리스마스이브에도 돌아오지 않았어.'

답답한 마음에 도카는 고개를 들어 시선을 멀리 던졌다.

주변에 있는 집들에서 따뜻한 불빛이 새어 나왔다. 이제 가족들과 함께 크리스마스이브를 축하할 시간이었다.

그때 도로 건너편에서 도카를 향해 다가오는 사람이 보였다.

고요한 달빛이 내려앉은 길을 잰걸음으로 뛰어온 **그녀**가 가게 앞에서 멈춰 섰다.

"죄송합니다. 영업이 끝났어요. 크리스마스 케이크는 다 팔렸습니다만, 혹시 구움과자라도 괜찮으시다면…."

"아니요. 과자를 사러 온 게 아니고요. 사실은—."

짧게 자른 머리를 자연스러운 잿빛으로 염색한 여자는 60대쯤으로 보였고 날씬한 체형에 키가 컸다. 또렷한 목소리로 대답하던 그녀의 눈이 갑자기 크게 벌어졌다.

"하루카!"

그녀가 도카의 옆을 지나쳐 가게 안으로 뛰어 들어갔다.

그녀는 연미복을 입은 아야쓰지를 노려보며 곧장 걸어갔고, 그녀를 본 아야쓰지는 놀란 얼굴로 멍하니 중얼거렸다.

"미쓰루…."

"아야쓰지 씨, 아는 분이세요?"

뒤따라 들어온 도카가 묻자, 아야쓰지가 얼버무리듯 작게 대답했다.

"가나자와에 있을 때… 같이 살았던 사람입니다."

"네? 아야쓰지 씨 애인이라고요?"

주방에서 톡 튀어나온 이쿠토가 두 사람 사이에 불쑥 끼어들려 했지만, 도키히코가 잽싸게 목덜미를 붙잡아 뒤로 끌어당겼다.

"애인이라… 그냥 제가 무작정 이 사람 집에 밀고 들어가서 눌러앉았던 거라 그렇게 말해도 될지는…. 원래는 고향집 리모델링 때문에 상담을 받다가 가까워졌죠."

다부지고 깔끔한 외모만이 아니라 이름까지 남자 못지않게 씩씩한 고다이 미쓰루는 아야쓰지와 같은 피트니스 센터 회원이었다고 했다.

오다가다 마주치며 서로 얼굴은 알았지만 특별히 교류는 없었는데, 부모님이 돌아가시고 아야쓰지가 고향집 리모델링 때문에 설계 사무소를 운영하는 미쓰루에게 이것저것 물어보다가 가까워졌다고 한다.

"제 성격이 우유부단해서… 아무리 회의를 해도 결국 제자리였고 시간만 잡아먹었죠. 그러다 가끔 미쓰루 집에도 가게 됐고… 뭐, 어쩌다 보니… 정신 차려 보니까…."

"맞아. 정신 차려 보니까 당신이 같이 살고 있었지. 그리고 또 정신을 차려 보니까 이번에는 사라졌더라."

"난 분명 편지를 남겼어."

"편지? 쿠키는 나보고 먹으라고 쓴 그거? 처음에는 도대체 무슨 쿠키를 말하는 건지도 몰랐어. 그래 놓고 12월이 되니까 이번에는 묵직한 상자를 보냈더라. 열어 보니까 이 가게 빵이며 과자가 잔뜩 들어 있었어. 슈톨렌이란 빵은 크고 묵직해서 호신용으로도 쓸 수 있겠던데? 뭐 하자는 거야! 보내는 사람 주소랑 전화번호도 없이 그건 왜 보낸 거야?"

미쓰루가 뾰족한 눈으로 흘겨보자 아야쓰지는 고개를 푹 숙이고 기어들어 목소리로 중얼거렸다.

"막상… 보내려니까 용기가 나지 않아서… 내가 먼저 집을 나와 놓고 인제 와서 새삼스럽지 않을까 싶고…. 그런데 당신, 가나자와에서 여기까지 일부러 온 거야? 왜?"

"그럼, 이미 저세상으로 간 줄 알았던 사람이 택배를 보냈는데 어떻게 가만히 있어! 송장에 적힌 글씨도 딱 당신 필체인데!"

고개를 번쩍 든 아야쓰지가 눈을 동그랗게 떴다.

"저세상이라니? 내가 죽은 줄 알았다는 거야?"

"그래!"

아야쓰지는 말이 떨어지기 무섭게 딱 잘라 대답하는 그녀를 보고 이해할 수 없다는 듯 다시 물었다.

"왜 그런 오해를 했어?"

그러자 미쓰루가 손가락으로 아야쓰지를 찌를 듯이 삿대질하며 분노에 찬 목소리로 외쳤다.

"왜? 병원에 다녀와서 세상 끝난 사람처럼 창백한 얼굴로 이제 파리도, 밀라노도, 빈도 갈 수 없다고 말한 사람이 누군데! 방에 틀어박혀서 나오지도 않고 계속 콜록콜록 기침만 했잖아. 그 타이밍에 '잘 지내'라는 편지를 남기고 사라지면 당연히 시한부 선고라도 받았다고 생각하지 않겠어?"

실제로는 폐질환 진단을 받았다고 한다.

적절한 치료를 받으면 일상생활에는 지장이 없는 상태였고.

다만 의사에게 혈중 산소 농도가 떨어질 위험이 있으니 비행기는 타지 말라는 말을 들었단다.

소믈리에로 일하다 은퇴한 아야쓰지가 새롭게 품은 꿈은 전 세계에 있는 오페라 하우스들을 돌아다니며 그 지역에서 유명한 디저트들을 맛보는 것이었다.

"그런데 비행기를 타면 안 된다는 말을 들으니까 절망할 수밖에 없잖아."

"배를 타고 가면 되잖아! 방구석에 틀어박혀서 혼자 끙끙거리고 있으면 내가 어떻게 아냐고!"

"나는 맥주병이라 배는 못 타. 피트니스 센터에서 내가 수영하는 거 본 적 있어?"

"아아, 맞아, 맞아. 당신은 피트니스 센터에서 운동하는 시간보다 한가한 여자들한테 둘러싸여서 수다 떠는 시간이 더 많았지."

"함부로 말하지 마. 피트니스 센터에 가는 목적은 사람마다 달라. 나는 사람들을 만나러 피트니스 센터에 갔어. 당신은 묵묵히 운동만 했지만."

"그래! 당신이 히죽히죽 웃으면서 자꾸 말을 걸어서 정말 귀찮았어!"

아야쓰지의 낯빛이 급격히 어두워졌다.

"알아. 당신은 같이 살 때도 내가 말을 걸면 늘 무시하거나 건성으로 대답했지. 같이 여행을 다니면서 오페라 하우스도 보고, 맛

있는 디저트도 먹자고 했을 때도 관심 없다고 했잖아. 바빠서 안
된다고 차갑게 거절했어."

"진짜 바빴으니까!"

미쓰루의 표정도, 그녀의 대답도, 차갑게 얼어붙어 갔다.

"만약에 내가 없어지면 어떨 것 같으냐고 물었을 때도 당신은
아무렇지 않을 거라고 태연하게 대답했지. 나는 그때 확신했어.
당신에게 내가 아무런 의미도 없는 존재라는 걸. 내가 사라져도
이 사람은 아무 일도 없었다는 듯 똑같이 살겠구나, 그렇게 생각
했어."

"그럼, 내가 아무 데도 가지 말고 내 옆에 있어 달라고 울며불며
매달렸어야 했다는 거야? 내가 그런 여자들을 얼마나 경멸하는지
알잖아!"

"그래, 당신은 절대 눈물을 보이지 않는 강한 사람이지. 같이 있
어도 사람을 외롭게 만들 만큼 강한 사람이었어."

처음에는 연인들 사이에 흔히 하는 말다툼처럼 보였지만, 분위
기가 점점 냉랭해졌다. 이제는 이쿠토조차 숨을 죽이고 얼어붙어
버렸다.

두 사람을 지켜보던 도카의 마음도 계속 불안하게 떨렸다.

'아야쓰지 씨, 미쓰루 씨는 아야쓰지 씨가 걱정돼서 일부러 가
나자와에서 여기까지 찾아오신 거예요. 슈톨렌을 보내셨다는 건
아야쓰지 씨도 미쓰루 씨가 그리웠기 때문이잖아요.'

이대로라면 두 사람은 서로에게 상처만 주고 다시 등을 돌리게
될 터였다.

도카는 그렇게 가슴 아픈 일이 벌어지도록 이대로 두고 볼 수만
은 없었다.

서로 엇갈리기만 하는 두 사람을 보고 있자니 가타리베가 사라
졌을 때 느꼈던 막막한 절망과 그에게 부담을 주었다는 가슴 저미
는 후회가 되살아났다.

도카는 황급히 주방으로 들어가 얇게 자른 슈톨렌을 스텐 바트
에 담아 왔다.

정신없이 바쁘게 일하면서 도카가 틈틈이 먹었던 빵이다. 어제
와 오늘은 좀처럼 식사할 여유가 생기지 않아서 다른 직원들도 슈
톨렌으로 배를 채웠다.

도카는 두 팔을 쭉 뻗어 두 사람 사이에 슈톨렌을 내밀었다.

"저기, 하, 한번 드셔 보세요."

아야쓰지와 미쓰루가 놀란 표정으로 도카에게 시선을 돌렸다.

내성적인 도카의 성격을 잘 아는 무기는 물론, 이쿠토와 도키히
코, 파트타임 직원들도 모두 그녀의 돌발 행동에 놀라 눈만 동그
랗게 떴다. 주목받는 일에 익숙하지 않은 도카는 그것만으로도 화
끈거릴 만큼 얼굴에 열이 오르고 다리가 후들거렸다.

그래도 이를 악물고 작은 목소리에 간절함을 담았다.

"슈, 슈톨렌은 크리스마스를 기다리는 동안에 먹는 빵이에요.

오늘은 크리스마스이브… 모두가 즐겁고 행복한 날이니까… 그러니까… 저기….”

도카가 슈톨렌에 담은 마음.

그것은 확신에 찬 신념이었고 순수하고 고결한 마음이었다.

하지만 말로 풀어내려 하는 순간 흐릿해져 버렸다.

도카는 두 사람이 더는 서로에게 상처 주지 말고 슈톨렌을 먹으면서 마음을 가라앉히기를 바랐다. 다시 한번 찬찬히 서로의 마음을 들여다보길 바랐다.

하지만 말이 나오지 않았다.

아무런 생각도 나지 않았다.

슈톨렌이 든 스텐 바트를 든 도카는 두 사람 사이에 어색하게 서 있는 자신의 무력함에 울고 싶어졌다.

‘역시 나는 할 수 없어. 가타리베 씨처럼은 못 해. 제발… 가타리베 씨…!’

그는 이제 이곳에 없다. 하지만 도카는 마음속으로 계속 그를 불렀다. 아무리 도와 달라고 외쳐도 돌아올 리 없는데도….

그때 분명 아무도 없었던 주방에서 익숙한 목소리가 들렸다.

“슈톨렌은 14세기 독일의 제빵 장인들이 크리스마스 선물로 나움부르크 대성당의 주교에게 헌상했다는 기록이 남아 있습니다. 크리스마스를 앞둔 4주간을 강림절Advent이라고 하죠. 하느님의 아이 예수그리스도의 탄생을 기다리는 기간입니다. 12월 24일까지 4주 동안 매일 조금씩 잘라서 먹는 빵이 슈톨렌이죠."

탁탁 규칙적으로 바닥을 울리는 소리와 함께 양쪽 겨드랑이에 목발을 낀 가타리베가 검은 연미복 차림으로 주방에서 나타났다.

주방에 있는 뒷문으로 들어와 지금까지 벌어진 상황을 조용히 지켜보고 있었던 걸까?

무기는 반가운 마음에 목소리를 높였다.

"가타리베 씨!"

오른쪽 다리에 깁스를 한 채로 목발을 짚고 나타난 그를 보고 직원들은 놀라 입이 벌어졌고, 도키히코의 입가에는 옅은 미소가 번졌다.

그리고 도카는….

금방이라도 울음을 쏟아 낼 듯 그렁한 눈으로 가타리베를 바라보고 있었다.

목발을 짚고서도 그는 여전히 당당하고 멋있는 모습 그대로였다. 연미복도, 깔끔하게 뒤로 넘긴 헤어스타일도, 흐트러짐 없이 단정했다.

다시 매력적인 중저음의 목소리가 나직하게 울려 퍼졌다.

"'달과 나'의 스토리텔러인 제가 크리스마스 전야를 맞아 달이 가르쳐 준 기적에 관한 이야기를 들려 드리죠."

차갑게 군은 얼굴의 미쓰루와 슬픔에 빠진 아야쓰지를 향해 우아하게 허리를 굽힌 가타리베는 이야기를 시작했다.

"슈톨렌은 발효시킨 반죽에 양주로 절인 말린 과일과 오렌지 껍질, 견과류를 넣고 시나몬, 카다멈, 육두구 같은 향신료를 더해 마지팬Marzipan(아몬드 반죽)을 감싸서 구워 낸 빵입니다. 여기까지도 상당히 힘든 작업이지만, 여기서 끝이 아니죠. 구운 반죽을 녹인 버터에 담그거나 버터를 솔로 빈틈없이 발라서 스며들게 합니다. 이 과정을 여러 번 반복한 뒤에 슈거 파우더를 듬뿍 뿌려서 완성한답니다."

가타리베의 음악 같은 이야기가 잠시 멈추었다. 그러다 어느 순간 다시 이어졌다.

"한 아름다운 파티시에도 그랬습니다. 셀 수 없이 많은 슈톨렌에 달빛처럼 노랗게 빛나는 버터를 바르고 또 발랐죠. 그녀의 손길은 막 세상에 태어난 어린 예수의 머리를 쓰다듬는 성모 마리아의 손처럼 다정하고 부드러웠습니다. 얼굴에는 따뜻한 미소와 행복을 기원하는 마음이 담겨 있었죠. 그녀는 그렇게 슈톨렌에 마법을 걸었습니다."

그의 이야기야말로 마치 마법처럼 흡입력이 있었다.

"숙성되면서 서서히 달라지는 맛이 슈톨렌의 매력이죠. 그녀는 모두가 슈톨렌을 먹으면서 두근거리는 마음으로 크리스마스를 기다리길 바랐습니다. 마지막 슈톨렌 조각을 먹었을 때 달빛이 세상을 채우며 눈부신 기적이 일어나는, 그렇게 최고의 크리스마스를 맞이할 수 있는, 그런 슈톨렌이 되길 바라는 마음으로 끊임없이 다정하게 마법을 걸었답니다."

가타리베는 도카가 슈톨렌에 담은 마음을, 바람을, 그녀의 염원을 아름다운 말로 엮어 빛내 주었다.

슈톨렌 속에 잠들어 있던 마법이 깨어나 숨을 쉬며 서서히 퍼져 나갈 수 있도록.

"파티시에! 가게 영업 계속하시죠. 오늘부터 제가 이 가게의 스토리텔러가 되겠습니다. 파티시에가 만든 과자에서 이야기를 뽑아 팔아 보겠습니다."

도카는 그가 벅찬 흥분을 감추지 못하며 눈을 빛내던 날을, 열정이 넘치는 목소리로 자신을 설득했던 그날을 떠올렸다.

그때는 너무 놀라 대답도 제대로 하지 못했다.

크리스마스 때조차 손님이 찾지 않아서 계속 적자만 내던 가게를 다시 일으켜 세울 수 있다고는 생각하지 못했으니까.

"이 가게에 필요했던 건 바로 저였으니까요."

그렇게 장담했던 가타리베의 목소리가 달빛처럼 은은하게 가게 안을 채웠다. 벽 선반에 진열된 크리스마스 시즌 구움과자에도, 홀 한쪽에 있는 둥근 테이블과 예쁜 의자에도, 케이크가 다 팔려 비어 있는 쇼케이스 위에도 달의 마법이 내려앉았다.

도카의 숨도 한결 편안해졌다.

정돈되지 않은 그녀의 마음을 멋진 이야기로 만들어 주는 그가 있기에 더는 두렵지 않았다.

아야쓰지와 미쓰루도 참을 수 없는 슬픔과 꺾을 수 없는 고집을 표정에서 지우고, 홀린 듯 가타리베의 이야기에 귀를 기울였다.

목발에 기대어 있던 가타리베가 도카의 손에서 슈톨렌이 든 스텐 바트를 넘겨받아 두 사람 앞에 정중하게 내밀었다.

"크리스마스까지 아직 시간이 남았습니다. 드셔 보세요. 달의 마법이 걸린 마지막 조각입니다. 이쿠토 군, 음료를 준비해 주겠어요?"

"네, 알겠습니다!"

힘차게 대답한 이쿠토가 곧 달빛처럼 은은한 노란색 액체가 담긴 와인 잔을 들고 돌아왔다.

"크리스마스에는 샴페인이지만, 아야쓰지 씨라면 이쪽을 좋아하실 것 같아서요. 보르도 와인입니다!"

이쿠토가 환하게 웃으며 내민 쟁반에서 와인 잔을 집어 든 아야쓰지는 물 흐르듯 자연스러운 동작으로 와인을 입에 머금었다.

"소테른 귀부 와인이군요. 7, 8년은 넘은 것 같으니까… 음, 샤토 앙두와즈 뒤 아요Château Andoyse du Hayot인가요? 벌꿀과 꽃, 시럽에 절인 백도를 떠올리게 하는 진한 향과 묵직하게 혀를 감싸는 감칠맛, 신선하고 상큼한 과일의 달콤함이 슈톨렌과 잘 어울릴 것 같네요."

그가 은색 스텐 바트에서 얇게 자른 슈톨렌 한 조각을 집었다.

듬뿍 바른 슈거 파우더가 숙성을 거치며 적당히 굳어서 반달 모양의 반죽을 촉촉하게 감싸고 있었다.

그대로 입에 넣고 천천히 맛을 음미한 아야쓰지는 한결 평온해진 얼굴로 말을 이었다.

"이렇게 따뜻한 맛이 또 있을까요. 럼주에 담근 과일과 향신료의 향이 짙게 풍기면서 반죽에 스며든 버터의 풍미와 자연스럽게 어우러지네요. 달콤한 와인과의 조합이 이보다 완벽할 수는 없을 겁니다…. 미쓰루, 당신도 먹어 봐."

아야쓰지가 옅은 미소를 띠고 권하자 미쓰루는 굳게 다문 입술을 살짝 삐죽였지만, 바로 와인 잔을 집어 단숨에 반을 비웠다. 그러고 슈톨렌 한 조각을 입에 넣었다.

잠시 후 차가웠던 눈빛에 온기가 돌며 그녀의 입에서 작은 목소리가 새어 나왔다.

"당신이 보낸 슈톨렌도… 맛있다고 생각했지만… 이건 더 촉촉하네. 그런데도 질기지 않고 부드럽게 씹혀… 설탕이 이렇게 두껍게 발라져 있는데도 많이 달지 않고… 마음까지 부드러워지는 느낌이야."

그녀는 남은 와인을 천천히 마셨다. 그러고 다시 슈톨렌 한 조각을 입에 넣은 미쓰루는 힘없이 고개를 떨어뜨렸다.

"당신, 괜찮아?"

아야쓰지가 걱정스러운 목소리로 묻자 그녀는 고개를 숙인 채로 대답했다.

"당신 이름으로 뜬금없이 크고 묵직한 빵이 배송됐을 때… 정말이지 놀라서 그대로 숨이 멎는 줄 알았어. 아직 살아 있었구나. 그런데 무슨 생각으로 나한테 이런 걸 보낸 걸까, 밤마다 슈톨렌을 한 조각씩 먹으면서 매일, 매일… 당신을 생각했어."

아야쓰지의 얼굴에 당혹감이 어렸다.

미쓰루는 지금까지 단 한 번도 그의 앞에서 약한 모습을 보인 적이 없었다.

"마지막 조각까지 다 먹고… 텅 비어 버린 상자를 보는데 갑자기 당신이… 너무 보고 싶더라. 상자 뒤에 붙은 스티커에 재료와 가게 주소가 적혀 있길래, 혹시 여기 와서 물어보면 당신을 찾을 수 있지 않을까 생각했어. 굳이 크리스마스이브에 올 생각은 아니었는데… 일을 마치고 무작정 신칸센을 타러 갔더니 지정석은 다 팔렸고 자유석도 사람들로 넘쳐서 계속 서서 왔단 말이야."

"그랬군. 미, 미안해. 내가 생각이… 짧았어."

"그래. 맞아. 당신이 잘못했어."

두 사람은 더는 말을 잇지 못했다.

지켜보던 사람들도 답답하고 초조했다.

그때 가타리베의 온화한 목소리가 다시 침묵을 갈랐다.

"아야쓰지 씨, 제가 전에 진실한 사랑을 얻으려면 둘카마라가 아니라, 네모리노가 되어야 한다고 했던 말 기억하시나요? 아디나는 도도한 여자였고 네모리노는 자신감이 부족했죠. 서로 끌리고 있으면서도 다가가지 못하는 커플이었습니다. 그 탓에 아찔했던 소동까지 벌어졌지만, 덕분에 아디나는 네모리노에게 마음을 고백하고 두 사람은 진정한 사랑을 이루지 않았습니까. 구워진 반죽에 버터를 여러 번 덧바르는 슈톨렌처럼 조금씩 맛이 진해지듯이 말이죠. 그 시간이 두 사람에게는 꼭 필요한 과정이었을 겁니다."

여전히 고개를 들지 못하는 미쓰루가 힘없이 중얼거렸다.

"진실한 사랑? 내 나이가 일흔이에요. 이 나이에 무슨."

그녀는 이 나이에 자기 마음 하나 다잡지 못해서 사람들 앞에서 약해 빠진 모습을 보였다는 사실이 민망한 듯도 했다.

나직하게 울리는 가타리베의 목소리가 그런 그녀의 마음을 보듬었다.

"요즘은 100세 시대라고 하죠. 숙성된 슈톨렌의 맛이 더 특별하지 않으셨나요? 아디나가 네모리노에게 진심을 전하는 마지막 아리아 '받으세요. 당신은 이제 자유예요'를 불러 보세요. 지금부터 즐거운 인생이 시작될 겁니다."

미쓰루가 조용히 고개를 들었다.

외로움에 지쳐 약해진 눈빛으로 아야쓰지를 바라봤다.

"사실… 당신이 주문했던 쿠키 세트를 받았을 때도 한밤중에 차를 몰고 당신 집까지 찾아갔었어. 아직 늦지 않았다고, 당신과 다시 시작할 수 있다고 생각하면서. 그런데 집은 철거 중이더라. 그때 다시는 당신을 만날 수 없다고 절망했었어. 그랬는데… 12월에 당신이 보낸 슈톨렌을 받았을 때 당신이 살아 있다는 걸 알고… 기뻤어…."

아야쓰지의 눈이 크게 벌어졌다.

"나는… 몰랐어. 집까지 왔을 줄은 정말…."

한 손으로 이마를 짚으며 자신이 한심하다는 듯 고개를 젓던 그는 표정을 갈무리하고 다시 미쓰루를 바라보았다.

"그때 쿠키를 먹지 않고 집을 나온 걸 조금은 후회했어…. 그래서 고향집을 처분하고 여길 찾아왔지. 생각보다 훨씬 마음에 들었어. 이 가게에 또 오고 싶어서 역 앞에 있는 호텔에 머물기로 할 정도로. 당신한테 슈톨렌을 보낼 때 연락처를 적을 수 없었던 건 호텔이라서… 아니, 아니야. 그건 변명일 뿐이야."

아야쓰지의 얼굴이 일그러졌다.

"솔직히 자신이 없었어. 당신과 다시 시작하고 싶었지만, 냉정하게 거절당할까 봐 무서웠어. 당신이 가나자와에서 여기까지 올 줄은 몰랐어. 놀랐고… 나도… 기뻐."

그는 자세를 바로잡고 그녀를 똑바로 바라봤다.

그녀가 그에게 진심을 보여 주었듯이 그도 다시 한번 용기를 내

고백해야 했다.

"나는 당신하고 오페라하우스를 돌아보고 싶어. 밀라노에도, 빈에도, 파리에도 갈 수 없지만 일본에도 멋진 극장들이 많아. 나와 같이 가 주겠어?"

"무슨 소리를 하는 거야?"

미쓰루가 눈썹을 힘껏 치켜올렸다.

아야쓰지가 흠칫 놀라 한발 물러서려는 순간, 윽박지르는 듯한 그녀의 목소리가 쏟아져 나왔다.

"나랑 같이 배를 타야지! 내가 수영 잘하는 거 알잖아! 당신이 물에 빠지면 내가 건져서 물가로 끌어 올려 주면 될 거 아니야!"

촉촉이 젖은 미쓰루의 눈가에 진주알 같은 눈물이 맺혔다.

아야쓰지는 이 세상에서 가장 소중한 존재를 바라보는 다정한 시선으로 그녀를 보다가 가만히 손을 뻗어 미쓰루의 눈가를 닦아 주었다.

"내 꿈이 이루어졌네. 최고의 크리스마스 선물이야."

그의 미소도 행복한 눈물로 젖어 있었다.

'정말 크리스마스의 기적이 일어났어.'

서로의 마음을 확인하고 다정하게 와인을 마시며 슈톨렌을 먹는 두 사람을 보고 있자, 도카의 마음도 감동으로 물들었다.

크고 작은 문제들이 끊이지 않았던 크리스마스이브 영업을 무사히 마친 '달과 나'의 직원들은 모두 모여 함께 와인과 샴페인을 마셨다. 즐거운 표정으로 "하루만 더 힘내자.", "이브를 넘겼으니 이제 괜찮을 거야."라며 서로를 격려했다.

"이제 가타리베 씨도 돌아왔으니까 다 잘될 거야, 언니."

무기가 한 손에 무알코올 샴페인을 들고 말했다.

가타리베는 파트타임 직원들에게 둘러싸여 있었다. 어쩌다 다쳤냐? 깁스는 언제 푸는 거냐? 가게가 걱정돼서 병원에서 몰래 빠져나온 거냐? 등등 질문 세례가 쏟아졌지만, 그는 부드러운 미소를 머금고 하나하나 다정히 대답해 주었다.

그 사이 이쿠토는 몰래 와인을 따라 마시려고 하다가 도키히코에게 잔을 빼앗겼다.

"여기서는 마시지 마. 사진이라도 찍혔다가는 또 난리가 날 거라고."

"아아, 조금만 마실게."

"안 돼!"

케이크 배달을 갔던 레이지도 돌아왔다.

"저 사람이 왜 여기 있는 거야?"

가타리베를 보자마자 툴툴거리는 레이지에게 무기는 무알코올 샴페인을 내밀었다.

"됐어, 됐어. 레이지. 오늘 고생 많았어."

"그런데 저기 테이블에 아야쓰지 씨랑 같이 계신 여자분은 누구시지?"

"아, 저분은―."

"제 여자 친구랍니다."

무기가 대답하기 전에 아야쓰지가 먼저 눈을 찡긋하며 대답하자, 민망해진 미쓰루가 테이블 밑으로 그의 다리를 가볍게 찼다.

그 모습 또한 더할 나위 없이 행복해 보였다.

그렇게 사람들의 모습을 지켜보던 도카의 옆으로 목발을 짚은 가타리베가 다가와 섰다.

그는 도카에게 그날 밤에 무슨 일이 있었는지, 왜 아무 말 없이 사라졌는지, 지금까지 어디에 있었는지, 아무 말도 하지 않았다.

도카도 묻지 않았다.

검은 연미복을 입은 스토리텔러는 도카의 옆에 그저 자연스럽게 서 있을 뿐이었지만, 그것이면 충분했다. 따스한 기적 속에 함께 있기에 그들은 행복했다.

에필로그

바닐라 향의 부드러운
프랑지판을 품은 바삭한 파이
'갈레트 데 루아'

크리스마스가 지나고 며칠이 더 흐른 한 해의 마지막 날.

'달과 나'는 연초 3일까지 휴무였지만, 도카와 가타리베는 주방에서 갈레트 데 루아Galette des Rois 시제품을 만드느라 여념이 없었다.

아몬드 크림을 파이 반죽으로 감싸고 겉면에 작은 칼로 예쁜 모양을 새겨서 구워 내는 프랑스 전통 과자, 갈레트 데 루아는 새해에 공현절epiphany을 기리며 가족과 지인들이 모여 함께 먹는 파이다.

크리스마스에 태어난 그리스도의 탄생을 축하하기 위해 찾아간 세 사람의 동방박사가 신의 아이의 탄생을 공식적으로 세상에 알린 날인 공현절이 1월 6일이기에 휴무가 끝나면 갈레트 데 루아를 내놓을 생각이었다.

"크기를 작게 해서 반달과 초승달 갈레트 데 루아도 만들겠지만, 역시 기본은 보름달로 해야겠죠?"

"그게 좋겠어요. 손님들이 가장 많이 찾는 1호를 주로 만들고 21센티미터 크기의 3호도 한정 수량으로 몇 개 만들어서 쇼케이스에 진열하면 눈길을 끌 수 있겠네요."

"반달과 초승달은 초콜릿이나 레몬 맛으로 해도 좋을 것 같은데요."

"반달은 초콜릿 맛, 초승달은 레몬 맛으로 하면 어떨까요?"

"네, 좋아요. 보름달은 프랑지판frangipane으로 해요."

"아몬드 크림과 커스터드 크림을 섞은 필링 말이죠?"

"맞아요. 아몬드 크림만 쓸 때보다 맛이 순하고 부드러워지거든요."

"파티시에가 만든 과자에 어울리는 맛이네요. 좋은 이야기가 나올 것 같아요."

두 사람은 휴무 중에도 줄곧 주방에서 의견을 나누며 갈레트 데 루아를 굽고 또 구웠다.

무기는 그런 두 사람을 보고 모처럼 만에 찾아온 긴 휴무인데 계속 일만 하느냐고 고개를 흔들었지만, 사실 아무래도 좋았다.

언니가 다시 기운을 되찾았고 밥도 제대로 챙겨 먹고 있었으니 더 바랄 것이 없었다. 요즘 세 사람은 다시 예전처럼 같이 식탁에 모여 밥을 먹었다.

가타리베의 팔과 다리는 아직 완전히 낫지 않았지만, 그는 새해가 되면 깁스는 풀 수 있으니 휴무가 끝나면 가게에 나가겠다고 선언했다.

크리스마스 당일에도 목발을 짚은 채로 주방 일을 도왔고, 홀에 손님이 몰리면 밖으로 나가고 싶어서 안절부절못했다.

"아직 안 돼요."

"나갈 겁니다. 제 몸에 흐르는 스토리텔러의 피가 들끓고 있다고요."

그렇게 어린아이처럼 막무가내로 고집을 부렸다.

겉으로 보기에는 실종 사건 전과 똑같았지만, 도카는 요즘 그가 전보다 편하게 속마음을 드러낸다고 느꼈다.

도카가 갈레트 데 루아를 오븐에 넣기 전에 예리한 쿠프 나이프로 반죽 위에 살짝 칼집을 내서 월계수 모양을 만들었다.

"파티시에의 레이예Rayer 솜씨는 그야말로 예술의 경지네요. 이대로 미술관에 전시해도 되겠어요."

"과한 칭찬이세요. 그리고 모양이 정말로 예쁘게 나올지는 구워 보기 전에는 몰라요."

가타리베가 반죽에 칼이나 포크로 줄무늬를 넣거나 선을 긋는 레이예 작업 중인 도카의 옆에서 찬사를 쏟아 냈지만, 그녀는 언제나처럼 겸손했다.

하지만 역시나 다 구워진 후에 오븐에서 꺼낸 갈레트 데 루아의 표면은 세밀하게 넣은 칼집으로 예쁘게 벌어져 있었다. 둥글게 그려 넣은 월계수 잎이 활짝 핀 꽃송이처럼 보이는 화려한 무늬가 새겨져 있었다.

"달 꽃이군요. 정말 멋져요."

"성공이네요."

기분이 좋아진 도카는 가타리베와 얼굴을 마주하고 싱긋 미소 지었다.

두 사람은 그대로 주방에서 방금 구운 갈레트 데 루아를 먹어 보기로 했다.

가타리베가 깔끔하게 자른 파이 조각을 손님용 접시에 담아 홍차와 함께 도카의 앞에 놓아 주었다.

두 사람은 작업용 테이블에 마주 앉아 함께 갈레트 데 루아를 먹었다.

오븐에서 방금 꺼낸 따끈따끈한 파이의 겉면은 바삭바삭했고, 안에 채운 노란색 프랑지판은 촉촉하고 은은한 맛과 함께 달콤한 바닐라 향을 풍겼다.

"프랑지판과 파이 반죽을 함께 먹었을 때 느껴지는 식감이 일품이네요. 바삭바삭한 식감이 주는 충격을 부드러운 프랑지판이 촉촉함으로 받아낸달까요? 바닐라 향도 굉장히 고급스러워요."

"네. 그래서 저도 손님들이 프랑지판과 파이를 한 번에 드셨으면 해요. 그러려면 두께는 이 정도가 적당할 것 같아요. 식어도 맛있게 먹을 수 있게 만들었지만, 조각으로 잘라서 홀에서 드시고 가실 수 있게 해도 좋겠어요. 따뜻할 때 아이스크림을 곁들여서 드리면…."

"그럼, 보름달 파이를 미리 잘라 놓고 손님이 그 자리에서 원하시는 조각을 선택할 수 있게 하죠. 갈레트 데 루아에는 역시 페브Feve(파이 반죽 안에 넣는 작은 도자기 인형)를 빼놓을 수 없으니까요. 페브가 든 조각을 고른 손님에게는 왕관 모양으로 만든 구움과자를 선물로 드리면 어떨까요?"

"너무 좋아요!"

도카가 활짝 웃으며 고개를 끄덕였다.

"아, 하지만 손님들이 페브도 가져가고 싶어 하실 테니까 가게에서 드시는 파이에는 페브 대신 아몬드를 넣도록 하죠. 그렇게 하면 깨끗한 페브를 드릴 수 있을 겁니다. 요즘에는 파이에 아몬드를 넣고 페브는 따로 드리는 가게들이 많다고 하네요. 어린아이가 실수로 페브를 삼킬 위험도 있으니까요. 그래서 저도 고민했습니다만, 그래도 역시 갈레트 데 루아 속에서 도자기로 만든 케이크나 인형을 발견했을 때 느낄 기쁨을 생각하면⋯ 포장으로 파는 파이에는 페브를 넣어서 굽는 편이 좋을 것 같아요."

"맞아요. 큰 파이 속에 단 한 개만 들어 있는 페브를 발견한 사람은 그날의 왕이나 여왕이 될 수 있으니까요."

그때 도카의 손이 우뚝 멈췄다. 노란색 프랑지판 속에 분홍빛 초승달이 있었다.

그녀는 순간적으로 양손을 올려 제 귓불을 잡았다.

가타리베에게 선물 받은 피어싱을 작업 중에 떨어뜨렸을까?

다행히 손끝에 피어싱의 감촉이 느껴졌다.

'다행이야. 떨어뜨리지 않았어. 응? 그럼, 이건 뭐지? 시제품이라 페브는 넣지 않았는데…?'

"아! 파티시에가 페브를 찾으셨군요. 그럼, 오늘은 파티시에가 여왕님이 되셨네요. 여왕님, 어서 명을 내려 주시죠."

가타리베가 정중하게 고개를 숙였다.

'가타리베 씨가 페브를 넣은 건가? 언제? 전혀 몰랐어.'

그가 도카를 바라보며 미소 지었다.

"자, 어서 원하시는 것을 말씀해 보세요. 여왕님의 충실한 하인인 제가 어떤 소원이든 전부 이루어 드리겠습니다."

갈레트 데 루아를 자른 사람도, 접시에 담아 준 사람도 그였으니 도카가 페브를 발견한 일이 우연일 리는 없었다. 어쩌면 아무 말 없이 집을 나가 연락도 없이 행방을 감췄던 일에 대한 그 나름의 사과인지도 몰랐다.

"어떤 소원이든… 상관없나요?"

"네, 말씀만 하세요. 오늘은 파티시에가 저의 유일한 주인이시니까요."

"그럼… 앞으로는 몸이 안 좋을 때 무리해서 일하거나 밖에 나가지 말아 주세요. 저와 처음 만난 날도 멍하니 생각에 빠져 있다가 눈길에 미끄러져서 넘어지셨잖아요. 이번에도 또 이렇게 크게 다치시고… 아무래도 가타리베 씨는 평소에 빈틈이 없는 만큼 컨디션이 안 좋아지면 주의력이 남들보다 훨씬 떨어지는 것 같아요."

태어나서 지금껏 이토록 길고 정확하게 자기 생각을 말해 본 적이 있었던가? 그만큼 도카는 진심으로 그가 걱정됐다. 어쩌면 그도 천하무적 슈퍼맨이 아니라 의외로 누군가의 보살핌이 필요한 평범한 사람일지 모른다는 생각이 들었다.

"아, 이런, 부끄럽네요."

민망해서 어쩔 줄 모르겠다는 듯 그가 양손을 들어 얼굴을 감싸 쥐었다.

하지만 곧 살짝 벌린 손 틈 사이로 다시 도카를 바라봤다.

"그 일이라면 앞으로 제가 더 신경 쓰겠습니다. 하지만 이건 여왕님의 명이라고는 할 수 없죠. 달리 제게 바라는 것이 없으신가요?"

도카가 가타리베에게 바라는 것.

그건 단 하나뿐이었다.

"그럼… 앞으로도 계속 가게에 있어 주세요."

가타리베가 조용히 숨을 삼켰다.

'내가 또 이 사람을 곤란하게 한 건가?'

하지만 도카가 그에게 바라는 건 단지 그것뿐이었다.

자신을 좋아해 달라는 당치도 않은 소원은 바랄 수도 없었다.

그저 그가 계속 자신의 옆에 있어 주기를, 자신이 만든 과자들의 이야기를 풀어내 주기를 바랄 뿐이었다. 그것이면 족했다.

'다시는 제 곁을 떠나지 마세요.'

그런 마음을 꼭꼭 눌러 담아 간신히 내어놓은 한마디였다.

얼굴을 가리고 있던 손을 내린 가타리베가 미소 지었다. 포근하고 따뜻하게.

그가 도카를 바라보며 진지한 목소리로 대답했다.

"알겠습니다. 두 번 다시는 도카 씨 곁을 떠나지 않겠다고 맹세하죠. 항상 옆에 있겠습니다. 제가 계속 도카 씨 옆에 있게 해 주시겠습니까."

"네? 저, 저는 **가게에** 있어 달라고 부탁드렸는데요."

놀란 도카가 당황하자 그가 싱긋 웃으며 대답했다.

"네, 도카 씨는 이 가게 오너 파티시에시니까요. 도카 씨와 계속 함께 있을 겁니다."

'날 놀리는 거야? 아니면 아직도 갈레트 데 루아 여왕 놀이 중인 건가?'

하지만 어느 쪽이든 도카의 가슴은 이미 두근거리는 설렘으로 가득했고, 분홍빛 초승달이 달린 그녀의 귀는 점점 달아오르고 있었다.

도카의 눈에 노란색 프랑지판 속에 반쯤 묻혀 있는 분홍색 초승달 페브가 들어왔다.

분홍빛 달은 언제나 도카에게 용기를 준다.

그러니 그녀도 가타리베를 바라보며 미소 지을 수 있었다.

"네, 앞으로도 잘 부탁드립니다."

내일이면 새해의 시작이다.

'가타리베 씨랑 언니는 오늘도 둘이 과자만 만들 건가 봐….'

12월 31일 밤, 이제 몇 시간 뒤면 올해가 끝난다.

무기는 올해의 마지막 날에 소마와 함께 가까운 신사에 가기로 약속했다.

비록 레이지와 고마리도 함께였지만…. 그래도 어제 소마가 가게로 찾아와 언니에게 "제가 책임지고 무기를 집까지 데려다 줄 테니 걱정하지 마세요."라고 말했을 때는 뛸 듯이 기뻤다. 소마에게 프러포즈라도 받은 기분이었달까?

무기는 밝은 바다색 코트에 폭신폭신한 하얀색 앙고라 목도리를 두르고 약속 장소인 공원으로 향하는 중이었다.

집을 나서기 전에 언니에게 다녀오겠다고 말하려고 가게에 들렀는데, 도카는 여전히 주방에서 가타리베와 함께 일을 하고 있었다.

나흘 전 가게 휴무가 시작되고부터 계속 같은 상태다.

첫날에는 이쿠토도 함께였지만, 그가 오랜만에 부모님 댁에서 일하는 마루코 씨가 만들어 준 간식을 먹고 싶지 않느냐며 도키히코를 끌고 집에 간 뒤로는 언니와 가타리베 둘이 하루 종일 시제품을 굽거나 회의를 하면서 시간을 보냈다.

오늘도 언니는 주방에서 즐겁게 케이크 재료를 섞고, 가타리베는 옆에서 웃으며 레몬 껍질을 벗기고 있었다.

중간중간 서로를 바라보고 가볍게 웃으며 대화를 나눴다. 그러다 피식 웃음이 터지고 뭐가 그리 재미있는지 큰 소리로 웃기도 했다. 프랑지판이 어쩌고저쩌고 하면서….

두 사람은 지금 누구도 방해할 수 없는 둘만의 세상에 있었기에 무기는 조용히 몸을 돌려 가게를 나왔다.

'언니랑 가타리베 씨는 이제 다시는 떨어질 일이 없겠어.'

"좋아! 나도 힘내야지!"

"뭘 하는데 힘을 내?"

"아! 소마!"

아직 약속 장소에 도착하지도 않았는데 뒤에서 소마의 목소리가 들렸다. 무기는 화들짝 놀라 뒤를 돌아봤다.

하지만 소마는 무기가 놀라든 말든 안중에 없다는 듯 무기가 목에 두른 폭신폭신한 앙고라 목도리만 뚫어져라 바라봤다. 그러다 풋 하고 웃음을 터트렸다.

"하하, 무기, 네 목도리, 꼭 목에 솜사탕 두른 것 같아. 맛있어 보여!"

"소, 솜… 사탕?"

"헉! 나, 지금 또 너무 눈치 없었나?"

아차 싶었는지 소마가 금세 풀죽은 표정으로 물었다.

눈썹 끝을 내리고 어깨를 축 늘어뜨린 그 모습이 너무 귀여워서 순간 볼에 화끈 열이 오른 무기는 화를 내기는커녕 활짝 웃고 말았다.

"아니야! 너답다고 생각했어. 갑자기 나도 솜사탕이 먹고 싶은걸!"

"나도! 하나 사서 다 같이 나눠 먹을까?"

"레이지는 손이 끈적거린다고 싫어할 거야."

무기는 소마와 함께 나란히 길을 걸었다.

'새해에는 또 어떤 일들이 일어날까? 소마와 더 가까워지면 좋을 텐데…. 그리고 언니랑 가타리베 씨도. 적당히 좀 하고 가타리베 씨가 언니한테 고백하면 될 텐데 말이야. 가타리베 씨 고집이 보통이어야지. 내가 은근슬쩍 등을 떠밀지 않으면 꿈쩍도 안 하겠지?'

새해를 고대하며 이런저런 생각을 하는 무기의 머리 위로 달이 떠 있었다. 아몬드 크림과 커스터드 크림을 섞은 프랑지판처럼 은은하고 부드러운 노란색 달님이 그들에게 미소 짓듯 내려다보고 있었다.

* 작품에 등장하는 와인에 관해 도움을 주신 와인&식문화 연구가인 오카모토 마리에 님에게
  진심으로 감사드립니다.

노무라 미즈키 장편 소설

이야기를 파는 양과자점 달과 나

◇ **바삭촉촉 두 번의 기적**

펴낸날 2025년 3월 15일 1판 1쇄

지은이 노무라 미즈키
옮긴이 이은혜
표지 그림 오미소
펴낸이 이종일
디자인 바이텍스트

펴낸곳 알토북스
출판등록 1978년 5월 15일(제13-19호)
주소 경기도 고양시 덕양구 청초로 10 GL메트로시티한강 A동 A1-1924호
전화 (02)719-1424
팩스 (02)719-1404
이메일 genie3261@naver.com

ISBN 979-11-94655-01-5(04830)
　　　979-11-988539-6-7 (세트)